산행 에세이에 안긴 시

산은 숲을 품고 숲은 시를 품고
시는 산을 품다

무봉 김기욱

이화문화출판사

산은 숲을 품고 숲은 시를 품고
시는 산을 품다

산은 숲을 품고, 숲은 시를 품고, 시는 산을 품고……

언제부터인가 산은 나를 품었고, 나는 산의 품안에 안기게 됐다.

세상 누가 나를 깍듯한 마음으로 초대해 주고 철따라 일년 열두 달 거르지 않고 융숭한 대접을 해 주겠나?

산이나 하니까 나를 나로 보고 순수하고 심오한 눈빛 예쁜 손짓 해맑은 미소로 초대해 주는 거다.

산은 믿음을 저버리는 일이 없다, 단 한 번도!

그러니 세월 더 가기 전에 품에 들어와서 복잡한 세상사다 잊고 평온 평정심 찾아 잠시나마 하루만이라도 즐겁고 뿌듯한 시간 보내보란 말을 들려주곤 한다.

발걸음 내딛다 보면 귀엽고 앙증맞은 꽃님네가 바짓가랑이 잡고 친구 하잔다 하고, 산들바람은 흘린 땀 씻어준다고 소맷자락 잡아 끈다.

게다가 계곡 유수는 유유자적하며 말을 걸어오고 솔새

콩새 휘파람새 산비둘기 등등 모든 식구들은 노래 들려주겠다고 야단법석이다.

이거뿐이겠나? 청량한 공기는 덤이란다.

덤을 넘어 피부, 기관지, 폐, 영혼까지 구석구석 샤워를 선사하겠다고 난리도 아니다.

혹자는 산이 거기 있어 그저 간다 했으나 그게 정말 그런 걸까?

있으니 그냥 가는 걸까 싶다, 오라 해서 가는 건 아닐까?

앞으로 얼마나 더 산의 초대에 고마워할지는 모르지만 내 안에 에너지가 허락하는 날까지는 그저 감사하게 받아들여야겠다.

좀 더 긴 시간 기회가 이어지기를 간곡한 마음으로 기대하며 감사하는 마음으로 산을 오르려 한다.

그 산이 높고 낮고 아름답고 수수하고 심산유곡을 품은 산이든 품지 않은 산이든 천상의 정원이 아닌 산이면 어떠하랴.

산이 그러하듯 나 또한 어떠한 욕망 욕구도 없이 그냥 그저 감사한 마음으로 가기만 하면 되는 거다. 이 또한 얼마나 감사하고 또 감사한 일인가!

분명한 건

산은 숲을 품고, 숲은 시를 품고, 시는 산을 품고 있다.

하니

오를 수밖에 없지 아니한가!

차 례

주목의 기운이 넘치는 태백산

2015년 2월 5일. 강원도 태백시에 있는 태백산(1,567m)을 등반하였다.

백두대간 길목 화방재 매표소 주차장을 들머리로 하고 당골을 날머리로 하는 산행 이었다.

천하의 태백산이 이런 때도 다 있나 싶을 정도로 날씨가 너무나 좋았다.

그러니까 심하게 춥지도 않고, 게다가 바람도 미풍이다.

겨울철 태백산에 올라 떨지 않고 바람이 세차게 불지 않는 때가 없다.

작년 겨울에도 장군봉에 올라서 날아가는 줄 알았다.

게다가 어찌나 춥던지 온몸이 다 동태(?)가 된 느낌이 들 정도인데다가 안개가 너무 많이 끼어서 30m 정도의 앞만 보일정도로 가시거리가 짧았었다.

카메라 셔터가 작동이 되지 않아서 사진도 한 장 못 찍을 정도였으니 날씨가 얼마나 고약했는지 지금 생각해도

끔찍스런 생각이 든다. 몇 번을 갔었지만 겨울 산행 치고
날씨가 좋은 날이 없었던 것으로 기억이 난다.

그런데 오늘은 신기할 정도로 날씨가 좋아서 여유 있는
산행을 할 수가 있었다.

태백산에 오르면 항상 신기하고 관심이 가는 것 중 하나
가 주목 나무다.

흔히 말하기를 주목은 천 년 자라고 천 년을 살다가 죽
어서도 천 년 동안을 그 자태를 그대로 유지하여 삼천 년
을 산다고 말들을 한다.

그래서 그런지 한 겨울 눈밭에서 홀로 푸름과 싱그러움
이 넘치는 주목을 바라보면 경이감마저 든다.

아마도 매서운 추위와 칼날 같은 바람과 기 싸움이라도
하려는 듯 푸름과 싱그러움에서 기가 묻어나는 느낌이다.

그래서 인가 완전히 혼을 빼앗겨서 아무런 것도 보이지
도 들리지도 않는다.
　　좋은 날씨 덕택에 모처럼 여유 있는 태백산 산행이 됐
다.
(산에 홀려 산에 오르니 299쪽에서 가져옴, 공간미디어 2015.6.15.)

미쳐버린 태백산

이번이 다섯 번째다
겨울의 한 복판에서
태백산이 완전 미쳐버렸다
체면이 말이 아니게 돼 버린 거다
앙칼질 바람의 여신은 휴가를 떠났나 보다
눈알 부릅뜬 동장군도 함께 떠났나 보다
오르는 이들
구시렁구시렁 입방아 찧는다
이거 완전 봄 이네!
여기 태백산 맞아?
어~, 이런 날도 다 있네!
모두가 한마디씩 구시렁구시렁
어느새
장갑은 주머니에 반납하고 맨손인 채다
게다가
뿌리 뽑혀 누운 채 게으름 피는 주목에 소나무까지
어떤 놈은 등줄기가 꺾여 숙인채로다
작금의 우리 사회를 대변이라도 하나보다
이러면 아니 되는데
태백은
백두대간의 허리고 등줄기다

청풍 자드락길 6코스 걸으면서

2016년 3월 28일 충북 제천의 청풍 자드락길 6코스 괴곡성벽길(9.9km)을 걸었다.

지곡리를 들머리로 하고 옥순대교 주차장을 날머리로 하는 걷기였다.

올레길, 둘레길은 자주 들어보았으나 자드락길은 이번에 처음 들어보았다.

　자드락길의 사전적 의미는 '나지막한 산기슭의 비탈진 땅에 난 좁은 길' 이란 뜻을 지닌 말로 사람들은 건강을 목적으로 걷기 좋은 길로 애칭하기도 한다고 돼 있다.

　들머리에 접어들자 그제 내린 비가 산을 촉촉하게 적셔 놓아 걷는 느낌이 무어라 표현할 수가 없지만, 그냥 아주 좋은 느낌에 무아지경으로 빠져들게 하였다.

　지난 가을에 깔아준 낙엽 융단도 발걸음을 가볍게 해 주었고, 또 신록으로 막 갈아입은 산자락의 풍광은 눈을 호사스럽게 해주었다.

게다가 숲에서 뿌려준 청량한 공기와 코끝을 자극하는 향내는 피부와 코를 미치도록 취하게 하여 황홀경에 빠져들어 멍하게 하였다.

정신이 들었을 때 떠오른 건 '세상에 이런 경우도 다 있구나' 하는 생각이 들었다.

산기슭의 비탈진 땅에 난 좁은 길이라고는 하지만, 400여 고지의 산봉우리도 밟아야 하고, 또 들머리부터 날머리까지 내내 산 속 숲길을 그리고 산등성이를 오르락내리락하며 걸었으니, 트래킹이라기보다는 등산을 제대로 했다는 생각이 들었다.

주차장에 당도하니 청풍호의 유람선이 유유자적 풍류객들을 호사스럽게 해주는 풍광 또한 나도 덩달아 호사를 느끼게 해주었다.

자드락길과 비슷한 애칭을 가진 길을 검색을 통해 적어보았다.

- 마실길 ; '마실이 마을에 나간다' 는 의미이니, 마실길은 '마을에 나갈 때 이용하는 길'
- 둘레길 ; 거주 지역, 명소 따위의 주변에 난 길을 말한다. 산책을 위한 길이 일반적이다.
- 올레길 ; '올레' 는 제주 방언으로 좁은 골목을 뜻하며, 통상 큰 길에서 집의 대문까지 이어지는 좁은 길이다.

호사를 누린다는 것은

그 호사라는 게
5감의 호사
전신의 호사
영혼의 호사
어느 호사 하나
손쉽게 얻어지는 호사가 없고
사람을 해하는 호사가 없고
이기와 탐욕을 부리는 호사가 없고
그저
아가의 해맑은 눈빛과 미소와 같고
밤하늘 초롱초롱 영롱한 별빛과 같고
젖을 빨리는 어미의 심장소리 무아지경 해탈과 같으니
이 모두는
호사가 안겨주는 삶이고
호사가 선사하는 생활의 재충전이고
호사가 지켜주는 영육의 아름다움이 전부다
태초에
행성 우주로 여행길에 오른 인간들에게
잠시
찌든 고뇌 고독 내려놓게 하고
즐거움 기쁨 평온한 시간 누려보라
천상에서 내려 보낸 선물인 게다

뿌리가 범상치 않은 대둔산

2016년 5월 5일 전북 완주군과 충남 금산군의 경계를 하고 있는 대둔산(879m)을 등반하였다.

배티재를 들머리로 하고 집단 시설지구 매표소를 날머리로 하는 산행이었다.

산 전체가 대부분 기암절벽, 암반, 너덜지대로 돼 있다.

골짜기는 대부분 너덜지대라 돌계단이나 철계단 아니면 자갈밭으로 걷는데, 발과 다리에 많은 피로감을 주어 여간 힘들지 않았다.

기암절벽의 봉우리로 된 산이라 그런지 산의 규모에 비해 골짜기가 꽤나 깊은 편이다. 그래서인지 골짜기에는 물이 흐르고 조잘조잘 대는 바람에 걷는 내내 귀가 호사를 누리고, 또 힘을 덜어주며 땀을 식혀주었다.

바위와 암반 그리고 너덜지대가 많은 골짜기에는 보통 물이 흐르지 않는데 말이다. 물이 흐르는 골짜기여서 그런지 몰라도 숲이 울창하다.

짐작하건대 한두 아름은 훌쩍 넘겼을 거 같고, 나이도 어린 나무라야 100살은 족히 됐으리라는 생각이 들었다.

그 큰 나무들 중 더러는 뿌리의 적지 않은 부분이 지표면 밖으로 나와 있었다.

그런데 지표면 밖으로 내민 뿌리의 굵기가 어찌나 큰지 웬만한 나무의 크기다. 아니 자신의 몸통 줄기보다 더 크다.

보는 나를 압도하여 절로 벌어진 입이 다물어지지 않았다.

오랜 세월 동안 여름날 작열하는 햇볕도, 북풍한설, 삭풍, 골바람과 눈서리를 알몸으로 견뎌내고, 여름날 쏟아지는 호우에 떼굴떼굴 굴러 떠내려 오는 바위에 두려움도 이겨내고, 번쩍 우지직 쾅 벼락에도 아랑곳 안하고, 100년 200년…… 살아내어 오늘을 보여주는 거목이고 땅 밖의 거

대한 뿌리다.

　그런 뿌리가 있었기에 그 오랜 세월을 잘 버티고 오늘의 거목으로 거듭났다는 생각이 들었다.

　신록의 연둣빛이 내 가슴을 물들이고 있다.

뿌리

세상사 혼이 없는 사람들
망가지고
인간성이 상실 증발되고
인고의 감내는 전당포에 잡히고
끈질긴 근성은 처음부터 존재하지 않았다
그저
나약하고
그래서 성년 장년이 돼도 부모 품에서 벗어나지 못하고
보호를 받아야 삶 생활이 되는 군상들
보릿고개 그 험난한 시절보다 몇 천배는 살기 좋아졌
는데
세월을 거꾸로 살아가는
현대를 살아가는 군상들이다

그 오랜 세월 동안
여름날 작열하는 햇볕에도 두려워하지 않고
북풍한설 삭풍과 눈서리를 알몸으로 맞으며
호우 골짜기 물살에 바위덩어리 떠내려 와서 부딪혀도
아랑곳 안하고
찌이익 우당 쾅쾅 벼락에도 눈 하나 깜짝 안 하고
이렇게

인고를 감내하며
끈기와 신념 하나로
100년 200년…… 살아낸 내력을
현대를 살아가는 인간 군상들에게
뿌리! 거목의 뿌리가
땅 밖 세상으로 솟구쳐 올라
알몸으로 웅변을 토로하고 있다
어떻게 삶을 살아가야 하는지를
뿌리! 거목의 뿌리가
그저
경이롭고 경이롭기만 하다

24

한강 모태가 되는 대덕산 금대봉

2016년 5월 19일 강원 태백에 있는 대덕산(1,307m)을 등반하였다.

두문동재(싸리재)를 들머리로 하고 한강의 발원지가 있는 검룡소 주차장을 날머리로 하는 등반이었다.

두문동재는 백두대간의 길목이기도 하다.

날머리 검룡소 주차장 부근에는 낙동강 발원지의 황지가 오늘도 힘차게 솟고 있었다.

그러니까 1,300리 낙동강의 시작점인 게다.

대덕산 금대봉의 얘기는 아무래도 한강을 빼고는 이야기가 성사되지 않을 거 같다.

이제 한강 2,000리 물길의 대장정을 개략적으로 살펴본다.

발원지가 강원도 태백시 대덕산 금대봉 자락이다. 하루에 2~3,000톤의 물을 용출시킨다고 한다.

검룡소에서 시작한 물길은 창죽천, 정선 골지천(수량이 풍부해짐)을 거쳐 정선 임계 백복령에서 발원한 임계천과

검룡소

합류한다.

　합류한 물길은 정선 북면 봉정리와 여량리를 지나면서 송천과 만나 아우라지에 이른다.

　정선군 북평면 나전리에서 오대산 우통수에서 발원한 오대천과 합수하면서 ‘조양강’ 이 된다.

　‘천’ 에서 ‘강’ 으로 명명되는 새로운 이름을 얻는 순간이다.

　아침에 빛나는 강이라는 뜻의 ‘조양강’ 은 정선읍으로 흘러들어, 동쪽에서 오는 ‘동대천’ 을 만나 ‘동강’ 이란 이름을 얻고(영월 오른쪽을 흐른다는 의미에서), 다시 ‘서강’ 과 합쳐지면서 ‘남한강’ 이 된다.

　‘남한강’ 은 충북 단양을 거쳐 ‘충주호’ 까지 흐르고, 경기도 양평의 ‘두물머리’ (양수리)에서 ‘북한강’ 을 만나면서, 대 ‘한강’ 을 이루며 서해로 빠져나가는 장장 2,000리의 기나긴 여정인 게다.

　거치는 마을만도 태백과 정선, 영월, 단양, 양평, 서울, 김포와 비무장지대를 지나 황해까지다.

　수도권을 이루고 사는 마을 사람들의 젖줄인 한강물의 힘든 여정이 그저 경이롭기만 하다는 생각이 들며, 물 한 방울 허투루 쓰는 것조차도 죄스러운 마음이 들었다.

　대덕산과 금대봉은 우리나라 자연생태본존지구로 지정돼 있어 산에서는 풀 한포기는 물론이고, 나물채취도 일체 허용되지 않는다.

　그 뿐만이 아니고 산에 들어갈 때에도 관리사무소에 신고를 하고, 간단한 주의사항과 교육을 받은 사람만이 가능

하다. 또 하루 입산 인구수도 300명으로 제한돼 있다.

그리고 탐방로를 이용할 때에도 약속된 통로를 벗어나서 산으로 들어가지 못한다.

산 중간 중간에는 관리사무소 직원이 입산할 당시 받은 허가증을 일일이 검사하여 소지하지 않은 사람은 그 자리에서 돌려보낸다.

물론 날머리에 가서도 허가증(표찰)을 회수하며 소지하지 않은 사람은 규정대로 처리된다.

당국의 철저한 이런 노력 덕분에 산 어디를 가나 꽃이 지천이다.

꽃의 종류도 다양하고 장소에 따라 군락을 이루고, 군락으로 서식하니 마치 공원이나 정원에 들어오지 않았나 하는 생각이 들 정도였다.

2016/05/19

역시 자연은 인간의 손길과 발길을 필요로 하는 게 아니고, 인간의 손길과 발길이 닿지 않게 하는 노력만이 자연 보존을 가능하게 할 수 있다는 생각이 들기도 하였다.

한편으로는 많은 것을 느끼게 하고, 또 생각에 빠져들게 하여 즐거움을 배가시켜주는 등반이었다.

대하(大河) 한강을 잉태한 자궁 검룡소

한강을 잉태한 자궁
대덕산 금대봉 자락에 자리 잡고 있는
작은 샘물구덩이 검룡소
일 년 삼백육십오일 1분 1초도 쉼 없이
깊숙한 지하 어두침침한 구석에 뿌리박은 샘물구덩이
지상의 미물들 인간군상들 뭇 생명체들
생명줄 젖줄 되어 지켜줘라
땅 밖으로 내보내기를 태곳적부터 지금까지다
자궁 밖 세상으로 용출되어
밝은 세상으로 솟구친 물줄기는
한강 2,000리길
이 강산 이 강토
어느 한 구석 빼지 않고 적시며
뭇 생명체들 고루 손길 닿으니
좋아라, 대대손손 무탈하게 살아내려 오고 있다
지하 깊숙한 자궁에서 잉태한 작은 샘물이
대하(大河) 한강을 낳고
한강은 대양(大洋) 태평양의 구성 인자가 돼 출렁인다

부안 마실길을 나들이 하고

2016년 5월 26일. 전북 부안의 해변 마실길 4~5코스 (11km)를 걸었다. 해변을 끼고 걷는 길이라 바다 풍광을 즐길 수 있어서 좋았고, 도심의 미세먼지 속에서 벗어나고, 해변의 맑은 공기를 마시니 정신 영혼까지 맑아졌다.

게다가 산딸기며 아카시아, 인동덩굴 등등의 봄꽃이 반겨주니 이보다 더한 행복이 어디 있을까 싶었다.

솔바람까지 불어 행복감을 배가시켜 주는 건 덤이다.

상식의 허구, 내가 사는 곳 인천은 아카시아, 찔레, 때죽나무 등등 꽃철이 지나간 지가 꽤나 됐는데, 이곳 남도 해안에서는 이제야 만개하였다.

내 쥐꼬리만 한 상식으로는 남도가 인천보다 위도가 남쪽이니 4~5월에 피는 꽃은 다 지고 6월의 꽃들이 반겨줄 줄 알았는데, 황당하게도 그 반대 상황이다. 그래서 사람은 죽을 때까지 배워야 한다고 옛 선조님들께서 말씀 하셨나 보다. 노구를 개펄에 맡기고 쪼그리고 앉아 따가운 땡볕과 해풍 그리고 갯내를 온 몸으로 받아들이며 보물을 캐는 할머니들의 잔영이 내 뇌리에서 영 가시지를 아니한다.

삶을 캐는 군상들

개펄에서 캐는 것은

처녀 새댁 시절에는 식구들 양식을 캤고
자식들 성장하면서 부터는
학비를 캤고
노년이 되기 시작하면서는
손주들 줄 용돈을 캐고
황혼기에 접어들면서 부터는
유택 입주비용을 캐고 있다
따지고 보면
이게 다 자식을 둔 죄다

작가 푸시킨도
'삶이 그대를 속일지라도 슬퍼하거나 노하지 마라'
하고 읊지 않았나
삶!
알쏭달쏭한 게 어디 한 두 가지랴

의암호를 품은 삼악산

　2016년 6월 23일 강원 춘천에 위치한 삼악산(654m)을 등반하였다.

　의암호반에 있는 의암매표소를 들머리로 하고 등선폭포 매표소를 날머리로 하는 등반이었다.

　작은 고추가 맵다고 했던가, 높이가 654m 밖에 안 되지만 정상까지 오르는데 걸리는 시간이 2시간 정도인데, 반은 두 발로 걸어서 오르고 나머지 절반은 네 발로 걸어서 올라야한다.

　암산이기에 별 도리가 없다.

　암벽이 높아 밧줄이라도 이용하는 거 같으면 차라리 나은 데 이건 암벽도 아닌 것이 두 발로는 오를 수 없는 상황인 게다.

　고생 끝에 낙이라 한 말처럼 정상 가까이부터는 발 아래로 펼쳐지는 의암호가 장관의 풍광을 선사하였다.

　언제 힘들었던가 하는 느낌이 절로 들었다.

2016/06/23

　물론 이런 맛 때문에 산을 찾는 이유 중 하나이기는 하지만 말이다.

　전남 거금도 적대봉에 올랐을 때도 고흥 앞바다의 풍광이 한 폭의 수채화란 느낌이었는데, 오늘 삼악산에서 본 의암호 풍광도 그에 버금간다는 생각이다.

　다면 고흥 앞바다 풍광은 시야가 확 터진 바다를 배경으로 한 풍광이고, 삼악산에서 본 의암호 풍광은 호수라고 하는 제한된 공간과 주변이 산으로 둘러싸여 있으니 바다만큼 가슴을 뻥 뚫리게 하지는 못한 차이점이 있기는 하지만, 아늑한 품안의 맛은 일품이니 퉁 치면 되리란 생각이 들었다.

　내가 경험한 캐나다의 킹스턴에 있는 세인트로렌스강의

천섬 풍광이 고흥 앞바다와 의암호 풍광을 합친 풍광이란 생각이 들기도 하였다.
습도가 높지 않은 쾌청한 날씨까지도 한 몫 챙겨주었다.

의암호가 품은 작품

의암호에 전시된 작품들
그게
물의 신, 바람의 신이
서로가 자기네 작품이라 하고
또
천상의 환쟁이들, 선녀들이
자기네 작품이라 해도
군상들 그저
벌어진 입 멈춰진 동공
장승이 되고 만다
누구의 작품인들 어떠하고
호수가 전시한 작품이든 풍광이 전시한 작품이든
군상들 혼 쏙 빼앗아 가고
눈을 호사시켜 주니
이 또한 복된 즐거움이 아니겠나!

덕유산의 자매산 무룡산

2016년 7월 21일 경남과 전북에 걸쳐 위치한 덕유산의
자매인 무룡산(1,492m)을 등반하였다.

경남 황점마을을 들머리로 하고 전북 무주군 안성탐방지
원센터를 날머리로 하는 등반이었다.

산행 중 도보만 14km다. 한라산 등반 거리가 성판악세

반쪽을 잃어버린 남덕유. 어쩌면 좋아요.

관음사까지가 17km이니 그에 근접한 거리를 걸어야 했다. 요 근래에 가장 먼 거리의 산행이다.

지금은 삼복의 한 복판에 와 있다. 내일이 대서(大暑) 절기다.

그러니 머리끝에서 발끝까지 구석구석 땀이 흘러 폭포수 (?)가 됐다.

그래도 솟아날 구멍이 있다 했던가, 몇 발자국 걸음을 떼면 방긋방긋 꽃 낭자들이 잠깐 쉬었다 가라하며 손짓한 다.

호의를 그냥 지나치기가 좀 뭐해서 잠시 들르니 고생하는 다리에 휴식을 취하게 해 주고 흘린 땀 식혀주니 이보다 더한 대접이 어디 있으랴, 또 산새들은 한 술 더 떠서 세레나데를 목청껏 들려주니 이 또한 호사가 아닌가. 천만 대행, 하늘이 도운 거다.

오늘 산행은 아무래도 사람임을 잠시 잊어도 될 듯싶었다.

2016/07/21

그도 그렇게 안개인지 구름인지 앞서거니 뒤서거니 휘감아 도는 구름 속을 걸으니 이 또한 신선이 아니고 뭔가.
　산이 반쪽을 잃었다 되찾기를 반복한다.
　6시간을 훌쩍 넘겨서 날머리에 무사하게 도착하니, 또 한 번의 시험을 성공적으로 해냈구나 싶어 삶의 활력소 한 짐 얻어가게 됐다.

천상에서 보낸 선물인 게다

초롱초롱 별님네들
엊저녁에
달빛 타고 내려와
원추리 비비추 동자꽃 말나리 모싯대 산수국
모두를 낭자로 탄생시켜 놓고
오늘
나더러 잠시 신선이 되어
낭자들 만나라고
구름 융단까지 펼쳐놓았다
천상에서 보낸 선물인 게다

5, 11, 14-1 그리고 비양도

 2016년 7월 29일부터 8월 1일까지 제주도와 비양도를 탐방했다.

 지금까지 다섯 번의 제주도 방문이 있었는데, 매번 한라산 등반이 목적이었다면 이번 제주도 방문은 5번 11번 14-1번 올레길, 그리고 비양도 탐방이다.

농장 마당가의 소철꽃. 난생 처음 봤다.

첫날은 5번 올레길로 가려니 숲길을 통과하는 코스고, 둘째 날은 11번 올레길로 신평 곶자왈을 통과하는 코스고, 셋째 날은 14-1번 올레길로 무릉 곶자왈과 청수 곶자왈을 통과하는 코스다.

마지막 나흘째는 배 타고 비양도로 건너가 비양도를 한 바퀴 돌고 다시 제주로 나와 오후 비행기를 타고 귀가하는 일정이다.

특히 인상적인 게 곶자왈 걷기다.

곶자왈은 원시림에 바닥은 바위(곶자왈 용암 암괴)들로 채워져 있어 사람이 들어가 살기에는 마땅하지가 않을 거란 생각이 들었다.

한데 곳곳에 돌담이 목격되고 탱자나무에 탱자가 열려있어 사람이 산 흔적이라 생각하고 우리가 묵은 게스트 하우스 주인에게 물었더니 '6·25 한국전쟁 전까지만 해도 사람이 들어가 살았고, 또 인공군이나 공비들의 활동무대였다.'고 했다. 단순하게 땅 소유권의 경계를 나타내는 돌담도 있다고 했다.

물론 지금은 올레길 걷는 사람 외에는 접근하는 사람이 없어 곶자왈 특유의 자연 생태계가 아주 잘 보존돼 있음을 보여주고 있었다.

한국민족문화대백과에서 '곶자왈은 가시덤불과 나무들이 혼재해 있는 제주도 한라산의 암괴지대로 토양층이 얇은 황무지(자갈)를 뜻하는 '자왈'과 나무숲을 의미하는 '곶'이 결합된 용어이다.'라고 정의하고 있다. 또 '열대식물의 북방한계선과 한대식물의 남방한계선이 제주 곶자왈 특징'이라고 한다.

이번에 터득한 새로운 지식이다.

마지막 날 들른 비양도에 가면 비양도가 화산 폭발을 할 당시 용암 활동의 리얼한 모습을 그대로 보여주는 듯하다.

해안 곳곳에 굳어진 용암이 어찌나 생동감을 주는지 마치 지금도 용암이 용트림 하며 굳어지고 있는 게 아닌가 할 정도로 역동성을 느낄 수 있었다. 우리나라 화산 중 막내란다. 또 우리나라 화산 중 최초로 기록으로 남겨진 화산이라 의미가 크다고 했다. 기록에 의하면 1,902년(고려 목종5년)에 폭발했다니까 1,000여년 밖에 안 된 비교적 젊은 화산섬인 게다.

한라산을 오르지 못한 게 끝내 아쉬움으로 남았지만 함께 간 동료들을 생각하면 별 도리가 없지 않았나 하는 위안을 해보았다.

어찌 됐든지 간에 한라산 등반과는 또 다른 맛과 멋을 주는 제주 올레길과 비양도 걷기였다.

비양도 해안의 역동적인 용암

천년의 힘

용트림 하며
끓어오르던 힘
다 써보지도 못하고
지상 하고도 태평양에
남은 힘
하늘 꼭대기까지 뻗으려 함인지
용틀임 하며
서있는 자태가
지금이라도 날쌔게
어디론가 치달을 것만 같다
천년의 비양도
해상의 주인이 된 채
역동의 힘 주체하지 못하고
검게 그을린 육신으로
파도가 들려주는 천년의 태곳적 신비한 소리 들으며
천년의 추억을 곱씹고 있다

설악산 금강굴 가는 길목에 서서

2016년 9월 29일 강원도 속초 양양에 위치한 설악산 흘림골을 트래킹 할 계획이었으나, 낙석으로 인한 사고로 관리사무소에서 통제하기 때문에 갑작스레 계획을 바꿔서 설악산 금강굴까지만 가기로 하였다.

4계절 언제 보아도 설악산은 설악산이다. 또 어디서 조망을 하든 설악산은 설악산이다.

숲에 기암이 자리 잡은 건 지, 기암에 숲이 자리 잡은 건지, 계곡물이 기암을 때리는 건지, 기암이 계곡물을 때리는 건지, 선비가 바람을 일게 하는 건지, 바람이 선비로 나게 한 건지 도통 알 도리가 없다. 아니 아무 생각이 없다.

설악의 주인 기암 숲 바람 고사목 언제 와 봐도 그 자리에 그냥 그렇게 제 자리를 지키고들 있다.

지나는 길손 그저 넋 잃고 허공만 응시하고 아무 생각도 없다.

뇌가 '순간 동작 그만' 해놓고는 풀어줄 마음이 없다. 영

2016/09/29

46

혼까지다.
　정신이 돌아왔을 때에는 나그네인 처지에 무상함만이 온
몸이 전율만 느끼게 한다.

설악의 터줏대감

세상
어느 구석에나
터줏대감 버티고 있어
어제도 오늘도 내일도, 그리고 내일도
지켜지고 있는 거다
그렇듯
설악에도
바람 숲 물 기암 그리고 선비가 된 고사목이 버티고 있
기에
길 가는 나그네들
목구멍에서는 탄성이, 눈에서는 광채가, 몸에서 전율이
흐른다
그리고는
넋을 잃고 혼은 달아나
빈 껍질 육신만이
그 자리에서 혼이 나간 채 장승이다

강원 고성 금강산 성인대

2017년 10월 26일 강원 고성 금강산 일 만 이천 봉 성
인대에 올랐다.

일주문을 들머리로 하고 신선봉 성인대를 오르고 상봉삼
거리를 지나 일주문 주창으로 하는 원점 산행이었다.

가을이 문턱을 넘은지도 한참이다. 지금은 만추로 접어든 길목에 와있다.

어디를 둘러보나 사방팔방 숲은 다 노란 빨강 물들인 비단옷을 입고 있다. 지나가는 군상들 다 한 마디씩 '아이 멋있다!, 정말 아름답다!, 아이고 좋다!' 할 수 있는 말은 다 한 마디씩 내뱉으며 힘든 거 잊은 채로 발걸음 내디딘다.

아직은 제 몸에 찰싹 달라붙어 헤어질 생각이 없는 눈치다. 하지만 이제 며칠 후면 꼭 잡고 있던 손 놓고 영화와 호사를 누리던 지나간 날들을 뒤로 한 채 대지의 품에 들어 정신 사나웠던 마음을 추스르고 엄동설한 대지의 이불이 되어 제 몸 보호하고 동장군이 후퇴하면 새로운 생명의 끈을 이어주기 위해 제 몸 다 곰삭을 때까지 혼을 다해 불사르고, 그 인고의 덕으로 얻어진 한 줌 물질이 새 생명의 산고를 돕고 다시 피와 살이 되어줄 거란 우주만큼이나 원대한 꿈을 꾸며 스스로가 새 생명의 젖줄이 되어주는 거다.

영화와 호사 뒤에 남은 건 희생뿐인 거다.

백두산에서 대간을 타고 내려오면서 조물주가 만들어 낸 작품, 이름 하여 일만 이천 봉우리를 금강산이라 한다. 그 일만 이천 봉우리 중 거의 다 북녘에 터 잡아주고 남녘으로는 다섯 봉우리만 점지해 주었다.

그 다섯 봉우리는 미시령 넘어 신선봉 삼봉 칠절봉 둥글봉 향로봉이다. 금강산은 미시령 북쪽으로 이어지며 미시령, 신선봉, 샛령, 마산봉, 진부령으로 이어지는 코스는 엄

밀하게 말해 금강산 범위 안에 속해있다고 한다. 다섯 봉우리 중 신선봉을 제외한 네 봉우리는 입산통제구역으로 탐방허용이 안 된다.

그 탐방 가능한 한 봉우리, 고성에 있는 신성봉 성인대에 오른 것이다.

올라서 생각해 본건데 금강산 일 만 이 천봉을 제대로 보려면 한 봉우리에서 주변 봉우리를 봐야 그 진가를 바로 감상할 수 있다는 거다.

성인대서 바라보이는 게 울산바위 암봉(岩峰)들인데 울산바위가 그렇게 장엄하면서도 올망졸망 평온한 느낌을 주는지 처음 맛보았다. 진작 울산바위에 올랐을 때는 울산바위가 왜 유명세를 타는지 미처 생각 못했던 거 같아 미안한 생각이 들었다. 역으로 울산바위 암릉(岩陵)에서 신선봉을 바라보면 역시 같은 느낌이 들을 게 아닌가? 신선봉에 서서 신선봉을 보는 것과는 또 다를 게 뻔하다. 하기야 항상 등잔 밑은 어둡다 하잖나.

2017/10/26

그리고 그 뒤에 남은 건

한 때는
이슬에 목 축이고
이슬비 샤워에
새들의 사랑 노래에 젖어
무상(無想)의 세월을 보내기도 했다

작열하는 태양 아래
먹구름 그늘에
소나기 한 줄금 덕에
고행(苦行)의 세월 견디며
주인을 위해 살신성인 열심히 살기도 하였다

그리고 그 뒤에 남은 건
새 생명의 탯줄이 되려
대지의 품에 안겨서
이 한 몸 곰삭을 때까지 담금질로
고행의 세월 보내어
새 생명의 피와 양분으로 거듭나는
우주의 원대한 꿈 보다
더 아주 더 원대한 꿈을 가지고
대지의 품에서 무상의 세월 보내려 한다
그 뒤에 남은 건 숭고한 희생뿐이다

안타까움이 서린 사적지가 있는
적상산

2017.11.16 전북 무주에 위치한 적상산(1,034m)에 올랐다.

서창탐방센터를 들머리로 하고 적상호수를 날머리로 하고 올랐다. 원래는 치목마을이 날머리로 돼 있었는데 입산금지구역으로 돼 있어서 호수까지만 가기로 하였다.

적상산은 산세가 험하여 접근하기가 쉽지 않은 관계로 조선실록을 보존하던 5대 사고(史庫) 중 한 곳이다.

1614년 사고각(史庫閣)을 세워 조선실록을 봉안하였었는데 일제가 들어와서 1910년 실록을 서울의 장서각으로 옮기면서 사고각은 황폐화되어 폐지시켰다.

한 가지 분명한 건 일제 병탄의 영향을 받지 않았다면 온전하게 보존, 관리되고 있을 거다.

가슴 아픈 일이다.

당시 사고각 인근에 고려시대에 지어진 안국사란 절이 있었고, 이 절의 스님들이 사고각을 관리, 경비를 맡아 하

도록 조정에서 위임했었다고 돼 있다.

지금은 내용물 실록은 없고 복원된 사고각만 있고 안국사도 원래 위치에서 벗어난 곳에 복원돼 있다. 안국사는 호국사지에 복원시켜 놓았다.

사고각이고 안국사고 비통한 운명을 지닌 것만은 틀림없다. 지금의 호수 자리가 당시 사고각과 안국사가 자리 잡고 있던 터였었는데, 인공호수를 만드는 바람에 수몰의 변을 다시 당하게 되어 호수 위 산 중턱에 사고각을 복원시켰고, 안국사는 호국사지에 복원시키게 됐다 하니 비운의 사적(史蹟)이 아닌가!

역사의식 유구한 역사문화에 대한 후손들의 무식에서 일제 병탄에 이어 다시 비운을 맞게 된 거다.

2017/11/16

　이왕이면 호수를 다른 곳을 택하고 원래 제 위치에 복원
시켜 놓았으면 그래도 낳지 않았을까?

　개념을 가지고 가치 있게 산다는 게 그렇게 힘든 일인가
보다.

　적상산성도 있는데 성곽의 흔적은 있으나 관리가 얼마나
되고 있는지 의구심이 갔다.

　돌아서려니 아쉬움의 끈이 놓아주질 않는다.

바람소리가, 바람소리가 아닌 게다

실록, 조선왕조실록(朝鮮王朝實錄)
참 용하기도 하다
부귀영화 다 담기도 버거웠을 건데
피눈물 나는 비운의 주인공까지 다 담아내려니
오죽 버거웠을까
그도 모자라
귀먹고 눈먼 정박아 후손 둔 덕에
일제의 병탄에
강제로 낯선 곳에 가게 됐고
헛간이나마
내 있던 곳에 집 지어준다 좋아 했었는데
이게 웬 일인가
나 있던 곳은 물로 채워 넣고
내 옛 정감어린 추억까지도 물속에 잠기게 하고
내 추억과는 상관도 없는
산 중턱 집도 절도 없는 적막강산에
동그마니 건물 두 채 세워놓고
담 쌓아 문짝 달아 놓은 게 전부다
주인은 강제로 끌려간 뒤 돌아올 기미도 없다
승려들 간데없고
물에서 불어오는 바람소리에
내 가슴 미어터지고 찢어지는 비통함을 어찌하랴
오늘 밤에는 또 얼마나 울어 대려나
바람소리가, 바람소리가 아닌 게다

생명의 경이로움을 안겨준 함백산

2017년 12월 21일 강원도 정선 함백산(1,529m)을 등반하였다.

만항재를 들머리로 하고 싸리재 주차장을 날머리로 하는 등반이었다.

내일이 동지다. 연중 낮 길이가 제일 짧다고 하는 날이다. 더구나 올겨울은 어느 해 보다도 맹추위가 일찍 찾아와 앙탈이다. 수도 동파 주의보까지 내려진 상태다.

대관령 동쪽 산에는 눈도 제법 많이 쌓였다. 함백산도 바람이 실어다 모아 놓은 곳은 1m는 족히 될 듯싶었다.

두문동재를 찍고 함백산 정상 턱밑 돌계단을 밟고 오르다가 힘이 든다 싶어 아주 잠깐 동안 서서 아무런 생각도 없이 목을 떨구고 있는데 이게 왠 조화일까?

눈을 의심하고 부비고 그리고 다시 확인해도 그 놀라운 광경은 현실인 거였다,

마치 날개 없고 머리만 떼놓은 집모기 몸 크기보다도 더

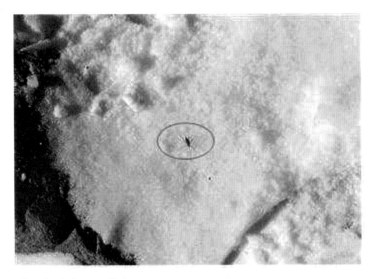

한복판 점에 주목하세요

작은 곤충(벌레)이 그 작은 다리로 아주 열심히 기어가고 있는 게 아닌가. 그냥 멈춰있으면 생명체인지 티끌인지 구분이 안 갈 정도의 작은 곤충(벌레)이었다.

사람이 다니는 돌계단인데 용케도 밟히지 않았고 .그 맹추위에 얼어 죽지도 않고 오늘 지금 이 시간에 어디를 향해 그리 바삐 가는지, 그것도 차가운 눈 위에서 말이다. 낙엽 위로 기어가도 나았으련만 세상 모두 하얀 눈밭이니 그대로 기어갈 수밖에 없는 처지이기는 했다.

놀라움도 잠시고 어느 틈엔가 경이로움이 와서 내 안에 앉았다.

생각해보니 인간은 인류 역사 만큼 계속해서 나약해졌는

데 이 곤충(벌레)은 날개도 털도 걸친 거 없이 오직 맨살로 엄동설한과 맞설 만큼 강인한 거다. 인간이 그런 상황이었다면 죽었어도 10번도 100번도 더 죽었을 게 틀림없다. 그만큼 연약한 게 인간이 아닐까 하는 생각을 하니 그 작은 곤충(벌레)에게 경이롭다 못해 머리가 절로 숙여졌다.

경외심 말고 그 어떤 감정도 느낌도 생각도 나지 않았다.

TV에서나 보는 동물의 왕국이나 지구를 주제로 한 다큐에서나 봄직한 지구가 살아있음을 지구의 역동성을 지금 내 발밑에서 내 두 눈으로 보고 있다고 생각하니, 그저 얼마 동안 그냥 멍하니 보고만 있는 나 자신의 모습도 발견이 됐다.

설원, 설원에서 수도의 행군은 시작 됐다

그 작은 몸으로
고행의 길을 가고 있다
설원에서
삼고초려라도 하려는 건가
수행의 길을 나서기라도 한 건가
전생에
도를 닦아야만 하는 업보라도 타고 난 건가

설원
온통 눈으로만 끝없이 펼쳐진 세상
동장군 매섭기가 뭐에 비할 수 있으랴
이 와중에
신발도 안 신고
옷도 걸치지 안 하고
알몸 하나로
0.0000001초도 쉼 없이
그저 앞으로, 앞으로만 가고 있다
기껏 한 발 떼 봐야 0.0001mm나 갈 수 있으려나?
수행자의 체구가 그렇다고 말해준다
설원, 설원에서 수도의 행군은 시작 됐다

인간 군상들에게
경이로움 경외심이 뭔지 보여주고 싶어
우주에서 보낸 전령인 게다

철이 안 난 가리왕산

2018년 5월 31일 강원도 정선에 위치한 가리왕산 (1,561m)을 등반하였다.

장구목이를 들머리로 하고 심마니교를 날머리로 해서 휴양림 구매표소 주차장까지 이동하는 산행이었다.

하차하면서 바로 산행 시작이 됐는데 계곡 숲에 발을 내딛는 순간에 범상치 않다는 느낌이 들었다.

아니나 다를까, 계곡이 깊어질수록 이끼융단에 숲이 하늘을 가리고 계곡을 타고 내리는 시냇물은 교향곡을 연주하고, 사랑 놀음에 빠진 날짐승들은 사랑의 세레나데 합창에 세월 가는 줄 모른다. 숲의 수목, 관목, 풀 모두가 윤기가 흐르고 광채가 나고 향기롭다, 내가 본 아름다움 중 첫째다.

바위 틈새로 나오는 청정 공기의 샤워에 실바람의 마사지가 더해지니 이보다 더한 황홀경을 어디에서 맛을 볼 수가 있을까. 천상에 낙원이 있다면 천상에 무릉도원이 있다

2018/05/31

면 바로 이런 모습이 아닐까.

　여타의 다른 산과는 달리 등반 시작부터 7~800고지까지 계곡이다.

　계곡물 소리가 끝난다 싶더니 이건 또 뭔가, 하늘을 가리는 원시림이 발목을 잡는다.

　내가 본 주목 중 여기서 본 주목이 가장 크다. 주목은 살아 1,000년 죽어 1,000년, 2,000년을 산다 하지 않았던가? 게다가 몇 그루가 아니고 군락을 이루고 세월을 버텨온 거다. 주목 말고도 신갈나무 등과 이름도 모를 나무들이 원시림을 이루고 버티고 서있는 게 믿음직하고 희망을 보는 거 같아 감동이었다.

　원시림 지대를 뒤로 하고 1,000고지는 훌쩍 넘겼을 즈음

이건 또 뭔가. 철쭉이 철이 안 든 나에게 철드는 게 뭔지 말해주려 기다렸다는 듯이 친절과 너그러움으로 맞이해 주고 있지 않은가.

드문드문 있는 철쭉나무 중 한 나무에 두 세 송이 꽃이 미소를 띠고 있다. 몇 걸음 더 가니 몇 나무에 너 댓 송이가, 또 몇 걸음 더 가니 한 나무 전체가 꽃으로 덮여 있다. 걸음을 옮길수록 꽃이 만개한 철쭉이 많아지고 결국엔 군락이 보이고 정상 1,561고지에 다다르니 주변이 철쭉군락이고 꽃동산이다.

5월 15일 전 후로 전국이 철쭉 축제로 떠들썩하고 이제는 한 물 지나고 철쭉꽃 보기가 힘든 철이라 생각했는데 이런 호사가 다 있다.

천상에서 옥황상제가 호사를 누린다면 오늘 내가 누린 호사와 다를 게 없을 거란 생각이 들었다.

가리왕산의 철쭉이 철이 든 거다. 그러니 군상 너희들도 철이 들어야 한다고 이르는 말이 귓전을 때린다. 부끄럽다.

가리왕산에 들면 누구나 장승이 돼 버릴 수밖에 없다.

장승이 되어 영원히 누리리라

지구라고 하는 작은 별에서
여정을 마치고
우주로 귀환하는 날
천상의 낙원 무릉도원을 찾아
여행길 떠나라 하면
장승이 되어 영원히 누리리라
거기가
가리왕산 원시림이라면
더 더욱 그러하리라

조령산은 그대로인데

   2018년 9월 11일 경북 문경과 충북 괴산에 위치한 조령산(1010m)를 등반하였다.

   이화령을 들머리로 하고 충북 괴산군 연풍마을 주차장까지 이동하는 산행이었다.

   조령산은 1993년에도 바로 여기 이화령에서 시작하여 충북 괴산 신풍리로 넘은 적이 있다. 감회가 새로웠다.

   이화령 휴게소도 그대로다. 다만 이화터널과 백두대간을 알리는 비가 서 있는 게 달라졌다면 달라진 점이다.

   이화령에 내렸을 때 문경 세재에서 충북 괴산으로 자전거를 타고 넘는 청년 둘이 지나갔다. 한편으로는 젊음이 부럽기도 하였다.

   25년 전을 기대하며 산에 접어들었다. 그때나 지금이나 여전하다는 느낌이 들었다.

   경상도의 젊은 선비들이 청운의 꿈을 가지고 한양 가는 길을 얼마나 고되게 한 산인가. 물론 조령산만은 아니라

할지라도 그 길목에 위치했으니 더욱 연민의 정을 갖게 하는 게 아닐까?

새 한 마리도 가을 합창단 풀벌레와 매미소리도 하나 없이 말 그대로 적막강산이다.

머리 위 파란 하늘을 유유자적 신선놀음하는 구름조각만이 눈에 들어온다.

그래도 마음만은 장승이다. 그래서일까 평온과 무아지경이다. 이렇다 할 속세의 잡념이 저만치 밀려나서 마음 가볍기가 창공에 닿을 것만 같다.

창공에 올라 유유자적 하는 구름타고 나 또한 유유자적하는 시간이 됐다. 꿈에서 깨어나기 싫은 게 바로 이런 게 아닐까.

옛날의 기억을 되살리려 할 필요도 없다. 그때나 지금이나 산은 그대로다. 옛 선인의 시조 가사에 "자연은 그대로인데 인걸은 간 데 없다."고 읊조린걸 알 듯도 하다.

그래서 자연은 인간에게 한없는 가르침을 준다고 흔히들 얘기하는 게 아닐까.

오늘 산행은 위대한 선생님을 만나 많은 공부를 마치고 홀가분하고 뿌듯한 마음 한 짐 짊어지고 집에 돌아가는 보람된 산행이었다.

영혼을 세척해준 조령산

새들도 힘이 들어 쉬어 넘는다 했던가
20년 하고도 5년이 지난 지금에 와서 다시 밟아보니
그때나 지금이나
산은 그대로인데 청운의 꿈 펼치려
조령을 넘는 선비는 간데없고
말이 없는 소나무만이 지나온 날
세월의 흔적을 암시하고 있다
창공을 유유자적하는 구름 조각에 몸을 싣고
큰 스승께서
일러주는 공부 마치고
뿌듯한 마음 가슴 가득
한 짐 받아 산을 내려오니
어디 간들 이보다 더한 기쁨 맛볼 수 있으랴

아~! 팔공산아!

대구 팔공산(1,193m), 2018년 한해 막바지 12월 11일 이번이 세 번째 등반이다.

수태골을 들머리로 하고 갓바위 주차장을 날머리로 한 7시간 30분의 긴 여정이었다.

버스가 대구에 근접하면서부터 눈발이 시작됐는데 수태골에 도착했을 때도 일기 상황은 변하지 않았다, 고민 끝에 등반을 시작했는데 처음부터 날머리에 도착할 때까지 눈발은 계속됐다. 단 1분 1초도 쉬지를 않고, 그저 눈발이 굵어졌다 가늘어지기를 반복할 뿐이다.

나목에는 눈꽃이 만개했고 관목 줄기는 상고대로 한껏 멋스러움을 뽐냈다. 게다가 함박눈이라도 퍼불라치면 신선이 노니는 판이 이만이나 할까 싶은 생각이 절로 들었다.

암산이라 네발로 기어야 하는데 눈과 살짝 언 빙판이라 속도가 30%는 줄었을 거란 느낌인데 실제로는 2배는 더 시간이 걸리는 듯싶었다.

2018/12/11

 6시간 등정 계획이었으나 미끄럽기도 하여 1시간 이상
더 걸리고 또 인천 출발이 30분 이상 늦춰지는 바람에 등
반 시작 시각도 11시는 다 돼서 시작이 되는 바람에 하산
도중 일몰을 맞아 살짝 겁이 나기도 했다. 게다가 하산 지
점부터 주차장까지 가는 길이 1,300여의 계단에 거리도
1km가 훌쩍 넘는 거리여서 17시 하산 예정이 19시가 거
반 돼서 하산을 하였다. 후미는 19시 30분이나 돼서 주차
장에 당도했다. 모두가 걱정하였다. 우리 집에서도 아내,
딸, 아들, 며느리 온 가족들 걱정이 이만저만이 아니었나
보다. 미안한 생각이 들었지만 한편으로는 나를 끔찍이 생
각해 주는 가족이 있다는 게 얼마나 행복한가를 느끼게 해
줬다.

이번이 세 번째 등반이다.

첫 번째는 90년대 중반쯤 대구대학에 열흘 동안 연수를 받으러 가서 일요일을 택해 등반을 했는데, 그 때는 시작할 때부터 비가 부슬부슬 내리더니 하산하고 숙소에 당도할 때까지 1분도 쉬지 않고 빗줄기가 굵어졌다 가늘어 지기를 반복하며 내렸다.

두 번째는 2000년대 초에 학교 직원들하고 방학을 이용한 산행이었는데, 가는 날이 장날이라 했던가, 무릎이 고장나서 몹시 힘들게 등반했던 기억이 나서 이번 등반도 망설임 끝에 용단을 내려 결정을 한 등반이었다.

그리고 이번이 세 번째다. 눈으로 시작해서 눈으로 끝낸 그래서 낭만적이었다. 상고대 눈꽃 퍼붓는 눈송이 뭐 하나 환상적이지 아닌 게 없다. 신선이 나만 할까 싶은 느낌마저 들었다.

미끄러워 고생했고 일몰 이후까지 하산 하느라 겁도 났지만 이만한 고생 없이 멋진 추억 만들 수 있겠나 생각하면 그 또한 감사하고 즐거운 일 아닌가. 게다가 올겨울 첫눈 산행까지 만끽이다.

이만하면 멋지고 근사하고 황홀한 산행이 아닌가!

아~!, 팔공산아!

그래 너는 참 고결하다
나한테는

20년을 훌쩍 넘긴
그 때
그 얘기들을
온종일 속삭여 주던 그 얘기들
그 때, 그
빗방울들이 들려주던 그 속삭임이
이제는 흘러간 세월의 뒤태가 되게 하고

10년을 훌쩍 넘긴
그 때
무릎 진통으로
내 영혼의 고통을, 작심을 하고 시험대에 올리더니
그 고통
이제는 흘러간 세월의 뒤태가 되게 하고

오늘!
오늘은
나목의 눈꽃 관목의 상고대

이 멋도 자태도 성이 안찼는지
꽃눈송이까지 뿌려
천상의 선녀 마을로 데려다 주니
이런 호사
누리고 누려도 되는 건지
그저 감사하고 감사하다
아~!, 팔공산아!

2018/12/11

74

아담하고 예쁜 용화산

　강원 화천 용화산(878m), 올해 2019 돼지해 첫 산행이다.

　화천 간동면 큰고개를 들머리로 하고 춘천시 사북면 사여교를 날머리로 한 5시간의 여정이다.

　화천 큰고개 날머리로 가는데 목표지점 얼마 남기지 않고 차량 진입금지 통제 구조물이 버티고 있어 우회하여 갔는데 역시 거기도 같은 상황이다. 하는 수 없이 내려서 걷기로 했다. 역시 동절기 강원도 도로는 알아줘야한다. 내려서 걷다보니 빙판 위에 살짝 눈이 덮여 미끄러워서 차량운행이 힘들겠다는 생각이 들었다. 구불 구불에 경사도가 있으니 운행 불가인 게 맞다.

　고도가 878m라 대수롭지 않게 여기고 가벼운 맘으로 산행을 시작했다.

　산행이 시작돼서 얼마 이동을 하지 않았는데 시야에 기암과 기암에 사는 소나무가 시야에 들어왔다. 갈수록 기암

과 소나무가 어우러져 장관이다, 한 폭 동양화다, 오르내리
는 내내 그러했다. 눈이 호사하는 거다.

등산로는 완전 유격 훈련 코스다.

두 다리 두 팔 다 이용해야 이동이 가능했다. 오르내리
는 내내 그러했다.

네 발로 기는 코스가 계속된다 싶을 때 간혹 신작로 능
선 길이다. 이런 때는 완전 다리가 호사하는 거다.

날씨마저도 온화하고 맑다. 기암과 한 폭 한 폭 동양화
가 시선을 끌어 잡으려 하고 능선 신작로가 다리를 호사시
켜주겠다고, 바짓가랑이 잡으려 하고, 따스한 해님이 놀다
가 가라 호객한다.

나한테도 손을 내밀어 호사를 누리게 하는 천상의 선녀

가 있기라도 한 것 같은 착각이 들기도 하였다.

엄동설한에 송골송골 맺는 땀방울의 맛이 이다지도 호사
스럽단 말인가.

아담하고 예쁜 용화산이다.

하지만 쉽게 호락호락하지 않는 멋쟁이 산이기도 하다.

자고 일어나니 팔다리가 고생한 위세라도 부리려는 듯
성치가 않다.

멋스런 용화산

강원 화천에 가면 용화산이 있다

아담하고 예쁜 멋쟁이다
한 폭 한 폭 동양화 속 기암절벽
한 폭 한 폭 동양화 속 기암에 뿌리박은 소나무
뜬구름 한 점에 한눈 파느라 가던 길 멈추고
산 길 가던 산꾼 한눈 파느라 발자국 못 떼고
구름 한 조각 멈춰서고
등산하던 한 사람 장승으로 굳은 게 똑같다
순간
정신 차려 가다듬고 가려하니
그냥은 갈 수 없다 한다
두 손 두 발 다 써 용을 써야
앞으로 나아가는 걸 허용 한단다
그러다간
뭔 맘이 변했는지 신작로 길 터주니
두 다리가 호사하고
덩달아
육신이 호사로 늘어진다

두 얼굴의 용봉산을 보다

2019년 3월 26일 충남 홍성에 위치한 용봉산(381m)에 올랐다.

2012년 12월 26일에 올랐을 때에는 눈이 덮인 설산 모습이었다. 7년 여 만에 다시 오른 거다.

금강산 축소판 암봉이란 말은 듣기는 하였지만 눈이 덮여 암산의 진면목을 감상하지 못했었지만 군데군데 진달래가 만개한 4월의 용봉산은 속살 민낯을 그대로 보여줘서 암봉의 민낯 진수를 제대로 느낄 수 있었다.

이렇게 다른 산이 돼 있을 수도 있나 싶어 뭐라 어떻게 생각을 정리할까 영 어지럽다.

또 사람들이 용봉산을 일러 왜 축소판 금강산이라 말을 하는지 알 것도 같다.

어느 풍광이든 마찬가지이기는 하지만 특히 암봉(岩峰)은 턱밑까지 바짝 근접해서 보는 거 보다 이 봉우리에서 건너 봉우리를 바라봐야 그 진가를 제대로 맛볼 수 있다.

2019/03/26

용봉산을 이루고 있는 봉우리들 역시 마찬가지다.

그래서 사람들은 남의 떡이 커 보이고 남들 사는 모습이 선망의 대상이 되는지도 모른다는 걸 오늘 용봉산이 새삼 깨닫게 해주었다.

그뿐이랴 겨울 얼굴과 봄의 얼굴이 어떻게 눈 하나 깜짝도 안 하고 그리 달라질 수가 있을까.

그래서 사람들은 자신이 본 게 세상 전부인양 의기양양하게 얘기들 하곤 하는 걸 어렵지 않게 들을 수 있는데, 얼마나 속물 군상들의 단상을 보여주고 있는가 하는 깨달음도 떠올리게 하였다.

내가 아는 게 아는 게 아니란 걸 용봉산이 온몸으로 항변이라도 하려는 게 아닌가 하는 느낌이다.

작지만 아담하고 대작은 아니지만 명작을 천상의 조물주가 빚어놓은 게 틀림없다.

군상들이야 그저 쉬운 대로 야~! 하고 입 다물지 못하고 사진기에, 스마트폰에 담으면 그만이지만, 몇 천 몇 만년 아니 몇 백만 천만년 동안 단 1분 1초도 쉬지 않고 얼고 녹고 비바람에 닳고 천둥 번개에 가슴 쓸어내리며 쪼개지는 인고의 세월을 보내어 오늘의 아담한 명품의 자태로 거기 그 자리에 그렇게 의연한 모습으로 정좌하고 있는 거다.

자연은 사람을 품고 사람은 자연의 학생이 될 수밖에 없는 이유를 오늘 용봉산이 준 가르침이다. 그저 감사할 뿐이다.

2019/03/26

자연은 사람을 품고 사람은 자연의 학생이다

겨울의 얼굴
봄의 얼굴이
눈 하나 깜짝 안하고
조변석개는 저리 가란다

한 두 번 보고
마치 그게 전부인양
의기양양하다
속물 군상들의 단상이다

속물 군상들
그저 생각 없이
야~! 하고 입 다물지 못하지만
몇 천 몇 만 년 아니 몇 백만 몇 천만년
단 1분 1초도 쉬지 않고
얼고 녹고 비바람에 닳고
천둥 번개에 놀란 가슴 쓸어내리며
기나 긴 인고의 세월을 보내어
거기 그 자리에 그냥 그렇게

의연한 자태로 정좌하고 앉아
오고 가는 군상들에게
인고의 세월이 뭔지를
원초적 속물근성을 지닌 속물 군상들 깨달으라고
말이 아닌 온몸으로 가르치고 있다
자연은 사람을 품고
사람은 자연의 학생인거다

오늘 용봉산이 준 선물에
그저 감사한 맘으로 머리 조아릴 뿐이다

92/03/26

84

임존성과 예당호를 품은 봉수산

2019년 4월 11일 충남 예산에 위치한 봉수산(484m)에 올랐다. 동산리 주차장을 들머리로 하고 대흥동 버스정류장을 날머리로 한 4시간의 여정이었다.

2019/04/11

포장된 인도가 끝나고 바로 산등성이에 올라서니 예당호의 물안개가 동양화를 그리기 시작했다. 내 경험으로 지리산 천왕봉 설악산 중청에서나 봄직한 풍광을 그대로 재현하고 있었다.

동행하는 사람들 입에서도 야아~! 소리가 절로 나오고 모두가 벙어리 장승이 돼 버렸다.

정상에 거의 오를 무렵까지도 그 잔영이 계속 이어졌다.

이런 높지도 않은 아담한 산에서 이런 장관으로 눈과 영혼이 호사를 누린다니 믿기지가 않았다.

마을에는 살구꽃, 앵두꽃, 목련, 수선화가 만발이고, 산등성이에는 진달래가 한물이다.

봉수산은 백제시대 축성된 임존성 성터가 있고 지금은

당시 성을 복원하는 작업 중에 있는 산이다.

산성 복원이 완성되면 예당호와 함께 인근 마을의 교육 유적지가 될 거란 느낌이 들었다.

게다가 예당호를 품고 있어 금상첨화가 아닐까. 예당호는 왜정시대 많은 미곡을 수탈할 목적으로 축조된 저수지로 예산군과 당진군 벌판에 농사를 짓기 위해 만들어진 저수지다. 당시로서는 강이 없는 걸 감안하면 대단한 농업용 수원이 됐을 거다.

지금은 댐의 발달로 물관리가 잘 돼서 그 때 당시만큼의 가치는 줄었을 거다. 한데 군과 도의 지자체에서 물 위로 데크 길을 만들고, 출렁다리를 설치하고, 주변을 공원화해서 관광 유원지로 발돋음하고 있고 예부터 낚시꾼들이 즐

2019/04/11

겨 찾는 곳이기도 하다.

게다가 봉수산 임존성 성터와 이 성터에 얽힌 백제 역사의 숨결이 스며있으니 금상첨화가 아니겠나?

그래서 임존성 산성과 관련 안내된 내용(사적90호)을 참고로 옮겨보았다.

예산 대흥면 광시면 홍성군 금아면 484m 봉수산 정상을 기점으로 퇴뫼식 산성 축조방식으로 바깥은 돌로 쌓고 안은 흙으로 채운 내닥법 축조로 됐다. 성 안은 계단식 단축성을 쌓아 주민을 수용할 수도 있게 하였고, 우물도 3개나 있는 성으로 둘레가 2.8km로 공주 부여까지 90리 거리로 백제 도성의 안전과 직결되는 전략적 요충지 성으로 백제에서 가장 큰 성 중 하나란다.

백제 의자왕 20년(660년) 나·당 연합군 공격으로 백제가 멸한 뒤 흑지상지는 사람을 불러 모았는데, 열흘이 안 돼 3만 명이 넘게 모여들었다고 한다(삼국사기). 임존성에 들어간 흑지상지는 복심과 함께 임존성을 거점으로 나·당 연합군을 몰아내기 위해 항전한 백제부흥군은 200개 성을 탈환했으며, 8월 26일에는 신라군의 임존성 총공격을 물리쳐서 패하게 하고 신라군은 소책만 깨뜨리고 물러났다.

허나 흑지상지는 결국 투항하고 만다

663년 백강구 전투로 백제부흥군이 패하며 백제의 다른 성들은 항복했고 흑지상지까지 투항했지만, 지수신 등이 지키는 임존성은 30일 넘도록 함락되지 않았다. 그럼에도

당에 항복한 흑치상지, 사타상여 등에 의해 임존성은 함락
되어 지수신은 고구려로 망명하고 백제부흥운동은 끝이 났
다(사적 90호 안내판에서 옮김).

이 모두가 평온이고 즐거움이 아닌가!

봉수산 능선 길에 오르니
이런 풍광을 장관이라 하나
천상에서 내려온 신선 화가가
예당호에 붓을 찍어
거침없이 여백을 채운다
수줍은 얼굴
새색시 부끄러움 한가득 얼굴이
환하고 해맑은 얼굴로
손 가는대로 붓 가는대로
그냥 여백을 채워나간다
한 폭 동양화
물안개 넘어 살포시 내민 산봉우리 봉우리들

산자락 아래
예당저수지
새로 태어나니
오는 이 가는 이 삼삼오오
한나절
일상을 잠시 접고 무상으로
세월을 품고 그저 그렇게 느린 게으름이다
고즈넉한 마을이 새삼 향수를 불러 온다

오리 백로 유유자적
한가로이 게으름은 매한가지다

이 모두가 평온이고 즐거움이 아닌가!

굽이굽이 임존성은 말이 없다

백제의 숨결이 지금도 살아 숨 쉬는 듯
임존성 백제산성
의자왕은 투항하고
백제가 적의 손에 넘어갔음에도
흑치상지 장수
의병 불러 모아
임존성을 방패로
망한 백제 구하겠다고 항전하기를 10년
흑치상지여! 어찌 투항을 넘어 배신까지 때리나
의병과 백성들
그 원한의 울부짖음
목 놓아 피를 토하는 통곡에
산천초목 모두 읍소(泣訴)하고
백제의 충절 의병의 비통함을 함께 하는 모습 보이는 듯
하나
굽이굽이 임존성은 그대로 이건만 말이 없다

변화무쌍한 얼굴을 지닌 민주지산

2019년 4월 16일 충북 영동에 위치한 민주지산 (1,280m)에 올랐다.

물한계곡 주차장을 들머리로 하는 7시간 여정의 원점회귀 산행이었다. 민주지산 정상을 밟고 석기봉(1,200m)을 경유하는 산행이라 이동 거리가 14km에 소요시간이 7시간이었다. 내 체력으로는 좀 힘든 산행이 아니었나 싶다.

그래도 나를 시험해 보는 좋은 기회가 돼서 보람은 배가 되었다.

민주지산은 우리 군 특전사 장병들에게 슬픈 역사를 안겨준 산이다. 1998년 4월 1일 5공수특전여단이 천리 행군 훈련을 하던 도중 민주지산을 지나가는 과정에서 기온 급강하와 폭설로 인하여 장교 1명과 부사관 5명의 목숨을 앗아간 산이다.

처음에는 비가 내려 장병들이 비에 젖은 상태에서 급강하한 기온과 폭설에 설상가상으로 등산로를 잃어서 헤매다 동사한 사고사였던 거다.

이 장병들의 영혼을 기리고자 물한계곡 주차장 가까운 곳에 위령탑을 세워 영령들의 혼을 기리고 있었다.

산행하는 날에도 산의 나뭇가지들이 모두 찢기고 부러지고 난리도 아니었다.

며칠 전 비가 내린데다 기온이 영하권으로 떨어진 영향인가보다.

비가 내린 후 기온이 급강하하면 나뭇가지에 맺힌 빗방울이 바로 얼고 비가 내리는 대로 얼어서 혹이 되고 그 중량에 나뭇가지가 찢기고 부러지고 한 거다.

가지의 얼음 중량에다 나뭇가지 자체도 얼어 부러지기 쉬운 상태고 게다가 바람이 스치고 지나니 나무가 성할 리

가 없게 된 거다.

응달진 바닥에는 아직도 얼음이 남아 있었다. 주변에는 양지꽃이 환하게 반기는데 말이다. 장병들 4월의 동사가 이해가 가는 대목이다.

자연의 힘 앞에 인간의 나약함이 새삼 느껴지고 자연 앞에 겸손해야 한다는 깨우침을 받아가는 산행이 되었다.

한편으로는 나 스스로를 시험할 수 있는 좋은 기회도 됐고, 하여튼 천의 얼굴을 한 변덕쟁이 민주지산이다.

4월 민주지산

지금은 4월이 중턱을 넘고 있다
한 쪽 구석엔 얼음이
아직은 동장군의 영역 안에 있다 하고
또 한 쪽 구석엔
가냘픈 양지꽃 방긋 사랑스런 미소다
산 아래쪽에선
군데군데 진달래도 봐 달라고 손짓이다
이제 봄의 영역에 들었다 한다

며칠 전
비가 내리고
갑작스런 기온 급랭으로
얼음 매달은 가지가 꽁꽁 얼고
바람의 심술보까지 합세하여 훼방 놓아
산등성이마다
소나무 가지고 관목이고
꺾이고
찢어지고
땅바닥에 나뒹구는 게 낙오자의 처참한 모습이다
4월
심술보 날씨의 잔영이다

4월의 그날
젊디젊은 청춘 혼령들
그 날의 역사를 알만도 하다
병사들 여섯 혼령
왜 유명을 달리 했는지 가슴팍을 쥐어짜게 한다.
오늘도
혼령들의 우렁찬 외침 함성이 귓전에 맴돈다

4월 민주지산
너무나, 아주 너무나 변화무쌍(無雙)한 천의 얼굴을 한 심술쟁
이다

2019/04/16

98

산은 기암을 품고 기암은 숲을 품은 도락산

2019년 5월 7일 충북 단양에 위치한 도락산(964m)에 올랐다.

상선암 주차장을 들머리로 하고 검봉을 경유해서 상선암 주차장으로 돌아오는 5시간의 여정 이었다.

마을길을 지나 산행 길에 접어드니 상큼한 공기 신록 맑은 새소리가 전신을 적셔준다. 오랜만에 받아보는 선물인 거 같아 몸이 주체가 안 된다. 그냥 날아가 버릴 것만 같았다.

암산, 바위로 된 산이라 두 손 두 발을 다 사용 해야 했다. 여타의 산들은 오르고 내리는 길이 한 쪽이 난이도가 높으면 다른 한 쪽은 비교적 상대적으로 무난한 편인데 도락산은 오를 때나 내려갈 때나 한결같이 두 발 두 손 다 사용해야 했다. 높이(964m)로 보나 이동거리(7km)로 보나 아담한 산이 맞는데 여타의 산이면 4시간 정도면 하산 완료가 가능한 산인데 5시간이나 걸렸다.

2019/05/07

　하기는 내 살아온 게 70년 하고도 3년을 더 넘겼으니 할 말이 없는 게 맞다.

　바위에 올라서서 사방팔방을 둘러봐도 기암과 숲이 하나다.

　숲이 기암을 품은건지 기암이 숲을 품은건지 영 헷갈리게 한다.

　게다가 지금은 5월! 흔한 말로 계절의 여왕이란 말에 손색이 없다.

　온통 신록이 호수가 돼서 기암들이 신록의 호수에서 멱을 감는다고 해야 맞을 거 같다. 순간 몸에 걸친 거추장스런 옷가지들 모두 훨훨 벗어던지고 숲의 기암처럼 알몸으로 서있고 싶은 마음이 가슴을 비집고 들어선다.

끝내 맘의 충동질은 해낼 수 없었지만 햇볕에 찐득해진 땀방울을 씻어주는 솔바람이 살랑살랑 등물을 해주니 그런대로 위안이 되어 맘이 가벼워졌다.

게다가 꼭 조선시대 선비의 기백을 닮은, 그래서 비바람, 눈, 북풍한설, 태풍의 풍상을 다 겪으면서 그 어떤 역경에도 굴하지 않고 꼿꼿한 자태로 흐트러짐이 없는 그저 제자리 제 위치에 서서 열정을 불사르며, 오가는 군상들에게 어떻게 살아야 하는지를 행동으로 말해주려는 듯 서있는 고사목이 그저 한없이 경이롭기만 하다.

가르침 한 바지게 지고 내려오니 이 또한 횡재고 낙이 아닌가!

2019/05/07

산은 기암을 품고 기암은 숲을 품다

신록의 호수에
얼굴만 살짝 내민 기암
부끄럴 게 없는 위용 자태는 어디로 가고
다소곳 수줍은 얼굴 신록의 호수에서 멱을 감는다

신록의 호수에
네 발로 젖 먹던 힘을 다해 오르는 군상들
거추장스런
옷가지 걸친 채로 신록의 호수에서 멱을 감는다

오랜 세월의 모진 풍상 겪으며
선비의 기개로
신록의 숲과 기암을 품은
꼿꼿하기만 한 고사목
지나가는 군상들에게
꼿꼿한 삶의 자태가 뭔지를
온몸으로 말해주고 서있다

이보다 더한 횡재는 어디에도 없다
이보다 더한 횡재는 누구도 누리지 못한다
다만 땀 흘린 사람만 누릴·수 있다
감사하고, 감사하고 또 감사하다

두루뭉술한 두위봉

　2019년 5월 28일 강원 정선에 위치한 두위봉(1,466m)에 올랐다.

　단곡주차장을 들머리로 하고 도사곡휴양림 주차장을 날머리로 하는 5시간30분의 여정이었다.

　이름부터가 익살스럽다. 지역 동네 주민들은 이 산이 그저 두루뭉술하여 두루뭉술산으로 불리면서 두위산 두위봉이란 이름을 얻게 됐고 전한다.

　포장된 임도를 따라 30분이나 걸었을까. 임도에서 산으로 들어가는 꽤나 넓은 길이 나있었다. 뭔 일을 위해서 계획적으로 개설한 길임에 틀림없어 보였다.

　무리 중 한 사람이 옆의 한분에게 우리 여기로 갈까, 아무래도 시간이 단축되겠지 하면서 제의를 하자 아무렇지도 않게 동의를 표했다. 옆에서 듣고 있던 사람 중 나를 포함 세 사람도 그냥 따라나섰다. 원래의 임도가 포장이 돼서 걷기도 그렇고 게다가 경사가 제법이어서 힘도 들고 걷기가 무료한 길이란 생각이 들던 차에 잘된 일이라 판단하고 쉽게 따라나섰던 게다.

또 1초의 망설임도 없이 제안자와 동행한 두 사람이 하도 자신 있게 말을 해서 이 산을 등반한 경험자로 샛길도 익히 알고 있을 거라 믿고 동행하는데 주저 없이 결정을 하는데 한몫을 하기도 했다. 나를 포함해서 다섯 명이 함께한 거다.

30분쯤이나 이동했을까, 길은 어기까지였다. 한 10분쯤 전에 삼거리가 있었는데 길을 잘못 들어선 게 분명했다.

제안자 왈 되돌아가느니 그냥 가는 게 어떻하겠냐 했다. 산도 두루뭉술하고 숲도 키 큰 수목이 중심이라 그냥 산비탈을 타고 올라도 될 듯싶어 동의했고, 동행인이 다 그대로 진행하기로 합의하고 계속 이동했다.

이동이 될수록 관목과 덩굴이 많아지고 이동하고 있는 방향이 목적지와 부합하는 건지 현재 위치가 어디쯤인지 전혀 알 수가 없어 두려움이 엄습하기 시작했다.

산이 두루뭉술하다 보니 좌표설정도 쉽지가 않고 그저 감으로 가는 방도밖에 별도리가 없어 더욱 힘들었다. 하기야 나침반을 지참했으니 최후에는 도움을 청하면 되니 안도가 되기는 하였다.

우여곡절 끝에 산행 주 탐방로를 찾게 돼서 다행이었는데, 그 지점이 정상 바로 코앞인 거였다. 주능선 길이 아닌 산비탈로 그것도 길도 없는 숲을 헤매고 목표지점까지 도달했으니 몸과 마음이 고생을 많이 한 산행이 됐다.

생각해보니 바가지 엎어놓은 듯 두루뭉술하니 능선이 있을 수가 없다는 걸 깨달았다.

　잠시나마 편안한 쉬운 길을 택한 잔꾀가 육신과 마음을 몇 배는 더 고생시킨 꼴이 돼 버렸다.

　옛 어르신들 말씀이 길이 아니면 가지 말라 했고 군자는 대로로 다닌다 했는데 어쩌자고 샛길 타령을 했는지 나 자신이 우습다.

　세상에 쉬운 길은 없다. 정도의 길만이 최선의 길이란 가르침을 확인시켜 주는 두루뭉술산 두위봉 산신령의 혼과 함께한 산행이었다.

산 위에서 산에게 길을 배우다

그게 말이다
산에서만 길이 존재하겠나
산에서만 길이 위험하겠나

산 위에서 산에게 길을 물었더니
탐욕스러움으로
잔꾀 부리고
힘 덜 들이고
쉽게 얻겠다는 얄팍한 수작 부리는 길
짧은 시간 동안에 많은 것 득하겠다는
탐욕이 목구멍까지 차서
쉽게 아주 쉽게 힘 덜 들이고
목표에 이르겠다고 하지마라

길은 분명
정도의 길, 참의 길도 존재하고
사람이면 분명
정도의, 참의 길을 걸어야 한다고
행동은 두루뭉술산처럼 두루뭉술해서는 안 되고
분명하고 깔끔해야 한다고
부언도 잊지 않았다
두루뭉술산신령이 두루뭉술하게
큰 가르침을 주고 있다

상생을 깨우쳐 준 대야산

2019년 6월 18일 경북 문경과 충북 괴산에 걸쳐 위치한 대야산(930.7m)에 올랐다.

용추폭포가 있는 용추계곡 주차장을 들머리로 하는 원점 회귀 산행으로 5시간의 여정이었다.

계곡의 종알종알 중얼중얼 구시렁대는 얘기 들으며 오르
다가 길가 산언덕에 나무 두 그루가 눈에 들어오는 순간
멈춰서고 말았다.

바로 옆에 나란히 서 있는 두 나무와 바위가 침묵의 웅
변으로 소리쳐 외치고 있는 듯하였다.

한 나무는 바위에 주저앉아 바위에 뿌리박고 살고 있고,
옆의 다른 한 나무는 아주 가볍게 바위가 기댈 수 있게 등
을 내줬다. 나무고 바위고 어느 한 쪽도 힘들어 하지 않고
가벼운 마음으로 기댈 수 있는 아량, 포용을 주고받는 그
모습이 아름다움을 넘어 순진무구하게 상생하며 살아야 한
다고 침묵의 웅변으로 외쳐대는 게 아닌가.

지나가는 군상들 곁도 주지 않지만 아랑곳하지 않고 어
제도 오늘도 그리고 내일도 또 내일도 상생이 어떤 것이고
뭔 의미가 있는지를 행동으로 웅변할 거고 보여줄 것이다.

한 발 한 발 정상에 가까워지면서 능선에서 조망되는 암
봉, 암벽의 장관은 오늘 산행하기를 잘했구나 하는 생각이
절로 들게 하였다.

모르긴 하여도 어느 전시장 누구의 작품도 이와 견줄 수
는 없을 거란 느낌이 들었다.

사람의 힘으로는 역시 그 한계점이 있을 수밖에 별 도리
가 없는 게 아닐까 싶은 생각이 떠올랐다.

암봉에 터를 잡은 소나무가 행여 심심하지나 않을까 걱
정이 됐든지 까마귀 한 마리가 방문했다. 아니면 저 까마
귀도 삶의 고단함을 내려놓으려 이 높은 곳에 까지 와서

2019/06/18

무상의 도를 닦고 있는 게 아닐까.

하여튼 사람이든 날짐승이든 자연의 품에 안겨 삶의 고
단함을 달래는 건 다르지 않은가보다.

녹색 바다 숲의 향기 미풍의 싱그러움 청량한 공기와 어
우러진 암봉 암벽의 분재들 모두는 산행에 흘린 땀에 대한
보상이고 덤이다.

깨우침에 덤까지 한바지게 지고 내려오는 걸음이 그렇게
가벼울 수는 없었다.

산, 그리고 숲!

아~!, 산 그리고 숲!

산, 그리고 숲
나무는 바위에 기대어 의지하고
바위는 나무에 기대어 의지하고
그렇게 살고 지내고 있는 거고

산, 그리고 숲
사람 산짐승 날짐승 온갖 미물들
삶의 고단함 주체 못할 때
잠시 내려놓을 수 있게 품어주고

산, 그리고 숲
찌든 가슴
녹색 푸른 호수가 씻겨주고
뒤죽박죽 얽힌 영혼
푸른 하늘이 제자리로 돌려놓아 평온을 찾아주고

산, 그리고 숲
청량한 미풍 맑은 공기
숲의 건강미 풀꽃의 앙증스러움
계곡 물소리 산새 지저귐
뭐하나 선물이 아닌 게 없고

산, 그리고 숲
영혼 육신 눈 귀 코 살가죽
어느 한 구석도 빼지 않고
호사 누리지 않는 구석이 없다

아~!, 산 그리고 숲!

청화산과 시루봉

　2019년 7월 16일 경북 성주와 충북 괴산에 걸쳐 위치한 청화산(970.7m)과 시루봉(876m)에 올랐다. 늘재를 들머리로 하고 쌍룡계곡 휴게소를 날머리로 하는 6시간의 여정이었다.

　청화산과 시루봉은 백두대간이 지나는 길목에 있는 산으로 나름 의미가 있는 산이기도 하다.

　아주 많이 힘든 산행이었다.

　주목표로 하는 산을 청화산으로 하고 하산 길에 시루봉을 들르게 돼 있었는데, 주목표로 한 청화산은 그런대로 수월하게 올랐는데 문제는 중간에 들르기로 한 시루봉에 있었다.

　청화산에서 시루봉은 3km 좀 넘는 거린데 이 두 산은 바가지 엎어놓은 형상의 산으로 봉우리와 봉우리 사이 능선이 없다. 청화산 봉우리 올랐다가 완전 내려와서 다시 사루봉으로 올라야 하는데 등성이 길이 급경사에 능선 없

이 올라야 하니 힘이 배 이상 많이 들었다. 게다가 시루봉 정상 직전에 암봉 3봉을 오르락내리락 해야 하는데 완전 수직 암벽절벽이라 꼼짝없이 두 손 두 발로 흔히 말하는 네 발로 기어올라야 했다.

힘든 만큼 변화와 스릴이 있어 산행 재미가 역시 배가 돼서 오히려 다행이다 싶었다.

문제는 쌍룡계곡 휴게소까지 하산 길인데 너덜 구간도 더러 있고 급경사에 거리도 5km 좀 넘는 거리로 만만치가 않았다.

하산 지점에 당도한 꾼들의 일성이 "아이고 힘들어!, 아이고 죽겠다" 둘 중 하나다.

또 사람이 많이 다니는 산이 아니라 등산로가 낙엽으로

덮여 그저 희미하고 특히 너덜 구간에서는 길 찾는 것도 신경이 쓰였다.

연무가 끼어 주변 산들의 조망이 안 된 점은 아쉬움으로 남기도 하였다. 초록 호수에 미역 감는 일은 다음 산행으로 잠시 미뤄놓았다.

내가 동백꽃을 좋아하는 이유가 곱고 예쁘기도 하지만 꽃이 떨어진 다음에도 흐트러짐 없이 나무에 있을 때 모습 자태가 그대로 오랜 동안 유지되고 있는 뒤태가 맘에 들어서인데 오늘 작고 앙증맞은 순백의 꽃잎을 새롭게 발견하였다. 이름 하여 까치수염 또는 까치수영이라 불리는 초여름 풀꽃이다.

잎새 위에 낙화 되어 내려앉은 모습이 한 치의 흐트러짐이 없었다.

이 또한 예쁘고 아름답고 순결해 보이지 않나, 눈을 호강 시키고 영혼을 맑게 해 줬다.

작고 앙증맞은 뒤태가 동백의 크고 붉은 화사함과 대조되는 걸 보고 까치수영 풀꽃이 새롭게 마음에 새겨졌다.

순백 청순한 영혼

그게
지금 살아 있는 거든
아니면
설사 무생물이라 할지라도
언젠가는 끝을 보게 돼 있다
문제는
그 끝을 어떻게 맞이할 건가 하는 거다
낙화되어
원형 그대로
청순한 모습 그대로의
뒤태 모습을 보여주는 까치수영 자태
하늘의 별님이 아름답기로서니
까치수영이 우주여행 떠나는 순간의
순백 청순함만큼의 뒤태 자태만 하려나

나도 소원해본다
세상 마치고 우주로 유영을 떠난 뒤에
별님보다 아름다운
순백 청순함
까치수영의 뒤태로 남기를

운악산

2019년 8월 20일 경기 가평에 위치한 운악산(937m)에 올랐다.

관리사무소를 들머리로 하는 원점회귀 산행으로 5시간 30분의 여정이었다. 그러니까 1990년대 중반쯤으로 기억이 된다.

2번이나 운악산을 등정하였다. 그때만 해도 지금과 같지는 않았던 것으로 기억이 난다.

관리사무소가 당시에는 매표소이었는데 매표소를 통과하면 바로 순두부 집들이 즐비하게 좌판 골목을 이루고, 시골 할머니들이 손님을 맞이하곤 했는데, 지금 와서 보니 그때처럼 좌판이 아닌 번듯한 식당 몇 집이 영업을 하고 있었다.

좀 행색이 초라했지만 인정미 넘치는 정감은 간데없고 단순하게 사먹고 파는 물리적 상관관계만 존재하는 거 같아 삭막한 느낌이 들었다.

그 순두부 골목 지나면 바로 계곡을 만나게 돼있었다.

맑은 물, 말 그대로 섬섬옥수 계곡물이 사시사철 마를 줄 모르고 등반하는 사람들의 눈과 귀를 즐겁게 해 주고 하산 길에는 땀도 씻어주고 피로도 풀어주던 계곡이었다.

특히 섬섬옥수 계곡물도 물이지만 깍짓동만한 아주 잘 생긴 바위들이 계곡에 자리 잡고 있어 계곡물과 바위의 조화가 기가 막히게 감탄을 자아냈었는데, 지금에 와서 보니 현등사 고찰 바로 밑에 아주 짧은 구간만 그 계곡 그대로고, 그 짧은 구간 끝나면서 부터 등산로 초입까지는 아예 흔적조차도 없다.

산비탈 턱밑에 잡초 관목만이 우거진 아주 작은 개울이 존재하고 있었을 뿐이다.

개울에 흐르는 물은 전에 그 섬섬옥수 정감이 아닌 아예 접근할 맘도 생기지 않는 그런 물가가 되고 말았다.

내 짐작으로는 산행 초입 터 현등사까지 2차선은 됨직한 포장도로가 지은 죄라는 생각이 들었다.

그렇지 않고서야 그 멋쟁이 계곡이 하늘로 솟았을까 땅으로 꺼졌을까?

신라시대 창건 됐다는 고찰 현등사도 당시에는 아담한 대웅전에 아주 작은 부속 건물 두어 채 정도 밖에 없었던 것으로 기억이 난다.

꽤 넓은 절 마당에는 큼직하고 아주 잘생긴 고목 후박나무가 터줏대감 구실하고 서 있어서 지나는 길손들에게 해를 가려주고 더위를 식혀주는 정자였었는데, 그 넓은 마당도 손바닥만큼 줄어들었고 후박나무도 자취를 감췄다.

그 대신에 규모가 제법 커 보이는 절 건물들이 수채로 늘어 전체적으로 규모가 커진 사찰이 돼 있었다. 아쉬움이 남는 산행이었다.

하기야 10년이면 강산도 변한다 하지 않았나!

운악산에 다시 오르고

조선 시대 길재는
산천은 의구하되 인걸은 간데없다 했는데
운악산에 다시 오니
산행 입구 도로변 자판도
순두부 할머니들 간데없고
기암 맑은 계곡은 하늘로 솟았는지 땅속으로 꺼졌는지
현등사 마당
마당에 서있던 잘생긴 후박나무도 자취가 없다
산천도 인걸도 다 간데없다
그냥
운악산 너만 그대로 그 자리에 있을 뿐이다
그나마
산에 터를 잡고 서 있는 기암이
오는 이 가는 이 군상들 발걸음 잡고
눈을 호사시켜 준다
믿을 건
기암과 숲뿐인가 하노라

나폴레옹도 울고 넘을 가은산
그리고 둥지봉

2019년 9월 17일 충북 제천에 위치한 가은산(575m)과 둥지봉(430m)에 올랐다. 옥순대교 휴게소를 들머리로 하고 상천휴게소를 날머리로 하는 6시간의 여정이었다.

등정 일정 안내부터가 심상치가 않았다. 새봉을 지나 벼락 맞은 바위로 해서 둥지봉을 밟고 가은산 정상을 밟는 산행 계획이었는데. 탐방로가 위험성이 많아 제천시에서 등산 금지를 권고하는 탐방로였다.

권장 탐방로는 들머리에서 능선을 따라 둥지봉을 지나 가은산 정상을 가는 여정인데, 그러니까 새봉 쪽으로 가지 말란 얘기다.

대장의 구상 기획대로 따를 수밖에 없는 입장이라 그대로 따를 수밖에 없었다.

벼락 맞은 바위까지는 별 어려움이 없었는데 문제는 그 다음부터였다.

산비탈 골짜기 경사가 가파른 길에다가 길도 희미해서 헤매기 딱 좋은 길이었다. 그저 등산객들이 달아놓은 리본을 찾아 올라야만 했다.

산 자체가 기암으로 돼 있기는 하나 능선 탐방로까지 그것도 아주 큰 바위로 돼 있어서 네 발도 모자라 다리가 짧은 사람은 위에서 손목을 잡아 당겨줘야 간신히 오를 수 있었다. 오르는 내내 그 모양새다. 이런 험난한 길을 1시간여는 족히 계속 올라야만 했다. 시에서 위험지구로 산행 금지를 권장하는 이유가 이해가 가기도 하였다.

하기는 충북에 있는 산들이 규모는 그리 크거나 높지 않아도 암산으로 등반 난이도는 높은 산들이 주를 이르고 있기는 하지만 그래도 오늘 산행은 예상 못한 복병을 만난 거다.

팔, 다리, 심장은 혹사를 당했지만 숲과 기암에 청풍호 조망은 눈이 호사했다. 걸음 내디딜 때마다 와! 야! 소리가 누가 먼저랄 것도 없이 절로 나왔다.

정상 등산로를 택했다면 이런 호사는 맛볼 수 없을 거고 이런 고생 경험도 못했을 거다.

들어가지 말라는 산에 들어간 것이 살짝 미안하고 부끄럽기는 하였다.

우스갯소리 한마디 한다면 나폴레옹하고 함께 알프스를 넘어 유럽 원정 떠났을 때가 이랬을까 싶다.

양 옆 큰 바위에 걸터앉아 공중에 떠있는 형상으로 꽤 넓적한 바윈데 오른쪽 가장자리를 유심히 살펴보면 물고기 부조로 추정 되는 그림이 그려져 있다. 위쪽 까만 부분은 머리 모양인데 새 머리 부리와 흡사해 보이기도 한다. 그러니까 몸 꼬리는 어류 머리는 새란 느낌이다.

꽤 높은 사다리를 놓아야 닿을 수 있는 높이다. 내 추정이 맞을지 틀릴지는 모르지만 청풍호가 내려다보이니 옛날 사람들의 주술적인 흔적이 아닐까도 싶다. 오른쪽 물고기 부조를 보려면 걸터앉은 모습을 볼 수 없어 그러니까 이를 확대 촬영을 하다 보니 본래 모습이 보이지 않아 사진 둘을 올려 보았다.

둥지봉 밟고 가은산 정상가는 능선 20여분 쯤 거리의 길목에 있었다. 전문가의 감정의 손길이 요구 된다. 지나친 비약 오버가 될 수도 있다.

맛과 멋 아우른 산행이었다.

기암(奇巖)의 깊은 뜻

오르는 동안
형벌에 가까운
육신의 달굼 질이 있었던 게
참
깊은 가르침 소중한 뜻 담겨있었다

좀
먼발치에서
보면
한 폭 동양화이고
소나무와 어우러진 게 영락없는 수석인데

발밑에 있을 때는
죽음의 험난한 길이고
팔 다리 손톱의 진까지 다 빼 내는
고행의 시험을 담당하고 있는 길이다

그냥
눈으로 보이는 게 다가 아니고
그 안에는
또 다른 가르침 의미가 있다는 걸

체험으로 깨우쳐 주려
눈을 호사하게 했던 거다

기암의 깊은 뜻 가르침
맘 속 깊이 고이 간직하리라
기암 선생께 거듭 거듭 다짐을 하였다
무르팍 정강이에 빨강 훈장까지 상을 주셨다

126

백제 신라의 무대가 됐던 백화산

2019년 11월 26일 충북 영동과 경북 상주에 걸쳐 위치한 백화산 한성봉(933m)에 올랐다. 경북 상주 보현사를 들머리로 하고 충북 영동 반야교를 날머리로 하는 12km 6시간의 여정이었다.

2019/11/26

너덜 잡석이 대부분인 관계로 다리가 많이 고생했고, 무릎에 지대한 영향을 주는 산행이었다. 함께 한 동료 한분이 무릎 고장과 다리에 쥐가 나서 어둠을 뚫고 하산하는 고초를 겪었다. 게다가 두툼한 낙엽 이불이 길을 막아 탐방로도 아주 희미한데다 낙엽 밑에 감춰진 잡석으로 미끄러져 여러 번 엉덩방아를 찧는 수고까지 해야 했다.

　상주 쪽 백화산은 역사적으로 의미 가치가 있는 특별한 산이었다. 들머리 초입부터 항몽 전승 기념비가 있는 공원부터가 범상치 않다 했는데 9부 능선쯤에 대궐 터가 자리 잡고 있었다..

　시골집 마당 크기만 한 공터에 발밑에 밟히는 기왓장 조각과 달랑 안내판 하나가 대궐 터의 전부였다. 대궐 터 전방 7부 8부 능선 이동 중 곳곳에 아주 짧은 석성(석축으로 보임)들이 의아 했는데 생각해 보니 차단성의 잔영들인 게 분명하였다. 대궐 터를 몇 걸음 지나는데 발길에 기와 조각이 차였다. 사적지란 믿음을 갖게 하였다. 대궐이란 건 성내의 병사 본영이 아니었을까 싶은 생각이 들었다.

　힘들게 능선에 오르니 성곽이 눈에 들어왔다. 금돌성이다. 그리 길어 보이지는 않았다. 당도하니 안내판이 눈에 들어왔다. 내용인즉 삼국시대 신라 김유신 장군이 백제군과 격돌한 격전장이었다고 안내하고 있다. 또 고려시대는 이곳에서 황령사 스님이 민관 병사를 지휘하여 침입한 몽고군과 싸워 대승을 거뒀다고 했다. 들머리 항몽 대승 기념공원이 들어선 이유를 알게 됐다.

　돌금성은 능선과 골짜기를 따라 석성을 쌓았는데 주성은

능선 좌우로 5.6km에 달한다고 했다. 성은 내성 외성과 주성 전에 차단성 도루로 돼 있단다.

1978년 아주 짧은 거리만 복원돼 있었는데 그 후로는 복원한 흔적이 없어 안타까웠다. 능선 따라 무너진 석성 잔해들의 원망스런 한숨 소리가 들리는 듯하였다.

무너진 흔적만으로도 성곽 터였음을 충분히 느낄 수 있었다. 하루 빨리 전체를 복원하여 후세들의 역사 문화재 사적 유적 국가관 교육의 장이 되고, 관심 있는 많은 국민들이 찾게 하면 지역경제에도 많은 도움이 될 거란 생각이 들었다.

안내표지판 주변으로 돌탑이 예닐곱 개가 있었는, 석성 잔해로 누군가가 쌓은 걸로 문화재 사적지 훼손 범죄행위이니 탑을 쌓지 말라는 경고문 표지판도 함께 있었다. 무식의 소행이란 판단이 돼 안타까움을 더했다.

복원이 안 된 내가 본 성 중에는 돌금성처럼 흔적 윤곽이 또렷하게 전해지고, 군 병영 대궐 터 차단성 등 부속 잔영들까지 남아 있는 성은 보지 못했다. 상대적으로 외형적 고증이 용이할 거 같기도 하고, 또 900여 고지의 높은 산 능선에 위치해서 무너진 석성의 잔해들이 그대로 보존돼 있어 완전한 복원을 하는데 용이한 이점이 있다고 생각되어 하루빨리 완전한 복원을 기대해 보면서 산행을 마쳤다.

역사의 현장이고 역사의 준엄한 가르침인 게다

그게 뭔 상관일까
진작 중요한 건 객관적 역사적 사실
돌금성이 말해주고 있다
비록
석성이 무너지고 잔해가 나뒹굴고 있지만
돌멩이 하나 기왓장 한 조각
옛 추억 사실(史實)을 오롯이 담고 있고
당시에 어떤 일이 있었는지 생생하게 기억하고 있다
무지한 인간 군상들만
뭘 알아낸다고 머리 굴리고 온갖 상상력 동원해 보지만
그게 어디
발에 밟히고 밟히는 돌멩이 기와조각 하나만이나 하랴
때는 삼국시대
신라와 백제 서로 간에
칼날이 난무해 혈이 분수가 되어 치솟고
빗발치는 화살의 스침에 염통이, 눈알이 구멍 나고
그러다간
한 무리가 도망칠라치면 한 무리는 뒤쫓기를 반복했다
끝내는 결국

웃는 자도 우는 자도 기진맥진에
땅속 헤집고 먼저 간 동료고 부하고 상관이고
혼령들 앞에서
술 한 잔 따르고 절 한 꼭지 드리고
허망한 부질없는 짓에
허탈감 달래려 탁주 한 사발 벌컥벌컥
숙맥 인간들
목구멍까지 들어찬 탐욕이 부른 자가당착 자업자득인 걸
어디다 대고 누구한테 하소연 하랴
그저 역사의 한 페이지를 장식할 뿐이다
이도 모자라
생체기 난데 소금을 고춧가루를 뿌려도 유분수지
몽고군의 침략이 여기 930고지 산 능선까지 마수를 뻗
혔다
지은 죄 어디로 가겠나?
승려가 이끄는 관민 합동 병사가 대파시키기는 하였지만
그토록 처절한
원인 제공을 한 조정의 못난 군주 왕이란 자
목구멍으로 밥알이나 넘어갔을까 싶다
예나 지금이나
나라에

꼭 그 한 사람만이라도
지(知) 덕(德) 신의(信義) 정의(情義)의
유전자를 소유한 사람이어야 한다고
일깨워 주고 또 일깨워 주고 있는 거다
무능 무지 패악질 사리사욕 탐하는
그 한 사람이 하도 수상(愁傷)하여
작금의 시국이 나라파탄 풍전등화 국운의
절체절명 위기상황이고 위태로우니
돌금성에 담긴 혼 역사의 현주소가
무지몽매한 통치자에게
준엄한 역사의 깊은 뜻 가르치고자
고심이 깊은 듯하다

오를 수밖에 없는 산! 오대산

　　2020년 1월 14일 강원 평창에 위치한 오대산 비로봉(1,563m), 상왕봉(1,491m)에 올랐다. 평창 상원사 오대산 탐방상원사지원센터를 들머리로 하는 원점회귀 산행 14km 5시간 30분의 여정이었다. 이번이 네 번째다.

　　믿음을 저버리지 않아 좋은 산이다.

　　언제 와도 길을 내주고 상큼한 공기에 산새가 들려주는 소리는 덤이다. 별님들의 정성으로 설원 나뭇가지마다에 송알송알 피어 낸 설화(雪花)가 눈을 호사시켜 준다.

　　영하 10도는 된다고 텔레비전에서 호들갑이고 난리도 아니었는데, 그 추위에서 보호라도 해주려는 듯 따사로운 해님이 전신을 감싸주니 동장군은 맥을 추지 못하고 먼발치로 밀려나서 혼자 졸고 있다.

　　신체 오감에 호사를 누리게 하고 영혼까지도 맑고 평온하게 해주니 한 치의 망설임도 없는 오대산의 믿음을 말할 수밖에 없는 그래서 찾고 오를 수밖에 없는 산!

　　산의 덩치만큼이나 믿음도 덕망도 우주 만큼이다.

장승이 된 영혼

산 길
나목의 숲을 걷다가
나목에 만개한 희디 흰 설화에
그만
숨죽이고 넋을 잃고
장승이 되고 말았다

엄동설한 북풍한설
그 누가 삭막하다 하겠나?
천상에서 선물한 숲을 보라
나무마다에 순백 아기의 우유 빛 살결만큼이나 하얀 설
화(雪花)가
송알송알 만개(滿開)다

어둠의 적막강산 와중에서도
저마다 홀로 반짝이는 밤하늘의 별님
동장군의 얼음장 눈매에 서슬 퍼런 으름장에도
동장군을 졸게 하는
온화하고 평온한 해님
그리고
무념의 날짐승까지도

설원의 나목에 핀 설화에
장승 되어
숨죽이고 넋을 잃은 건 다르지 않다

136

첫 해외 등반 중국 백석산 2,096m

2014년 7월 26일 오전에 중국에 도착하고, 이곳저곳 둘러보고 27일 중국 백석산(2,096m) 등반을 하였다. 하산하니 6시가 훌쩍 넘었다.

백석산은 유네스코 지정 세계지질공원이고, 국가자연풍광지구(국립공원)와 국가삼림공원으로 지정돼 있고 또 꾹가지질박물관이 백석산 날머리 입구에 있었다.

개방된 것이 세 달도 채 안 됐다고 하는데 등산로며 안내표지판 등이 비교적 잘 돼 있었다. 요소요소에 있는 안내판(설명 해설)은 중국어 한국어, 영어, 일어로 돼 있어서 편리하단 생각이 들었다. 가이드 없이도 등산이 가능한 이유다.

산세가 우리 한국의 산과는 확연한 차이가 나서 우리네식의 등산은 아니고 처음부터 하산이 끝날 때까지 층계를 이용한 등산이었다..

다행스럽게도 층계가 아주 원만하계 설계돼서 평지를 걷

는다는 생각이 들 정도였다.

유구한 세월을 보내면서 자연이 빚어놓은 걸작품이다. 봉우리 끝에
선녀가 벗어놓고 간 하이힐 한 짝과 조물주의 공예작품

산봉우리마다 봉우리 전체가 하나의 암봉으로 돼 있고, 봉우리 하나의 높이가 큰 것은 수백 미터 작은 봉우리도 수십 미터씩은 다 되는 듯하였다. 게다가 하나같이 모두가 수직절벽이다. 그러니까 능선이 없고 봉우리와 봉우리의 연속인 셈이니 층계가 아니고서는 접근하기가 불가능할 거라는 생각이 들었다.

석회암으로 된 산의 특성이 날카롭고 신경질적이고 접근이 쉽지 않은 특성임을 고려할 때 역시 울창한 숲이 없는 메마른 산이란 느낌이 들었다. 적어도 시야에 조망권에 들어오는 봉우리들은 그러했다 물론 기암의 공예적 아름다움은 만끽할 수 있지만 그레도 우리 산과 같이 기암과 숲이 어우러진 자연미와 정서에는 미치지 못한다는 느낌이 들었다.

산 전체가 암석덩어리라 해도 문제가 없을 것 같다.

그런데 석회암으로 돼 있었다. 우리 산의 화강암과는 비교가 되는 대목이다. 그래서 지질공원으로 지정됐고 또 지질박물관이 있었나 보다.

백석산 정상을 '불광'이라 쓴 비석을 세워놓았다.

'불광정'은 불교에서 부처님 머리 뒤의 광배와 같은 맥락이란다. 불광자석 옆에 정상임을 알리는 표지석에는 태행지수(太行之首)로 기록돼 있다.

태행지수는 세상의 중심, 그러니까 정수리란 의미를 지닌 어휘란다.

산 정상을 이르는 의미의 표지석과 불교라는 종교적 의

미를 나타내는 의미를 지닌 표지석을 함께 사용하는 것도 신기하고, 또 이 산에는 절간 한 채 없었는데 어찌하여 불교의 정서를 풍기는데 공을 들였는지 이해가 잘 가지 않았다.

중국인 특유의 의미부여와 급조하고 조작하는 특유의 유전자가 발달된 민족이 아닐까 싶기도 하였다.

첫 외국 산행이라 나름 의미도 보람도 있는 만족한 산행이었다.

배석산을 오르는 등산로는 계단으로 돼 있다. 기암 수직 절벽에 어떻게 이런 토목 구조물을 설치할 수 있을까 싶었다.

선녀의 하이힐 한 짝 덩그마니

외롭고 그리웠을 유구한 세월
선녀가 내려와 풍류를 즐기며
유유자적 세월 보내다가
무엇이 그리 급했는지
하이힐 한 짝 기암 꼭대기에 덩그마니
벗어 던지고 올라갔을까
주인 선녀를 그리워하는 건지
지 짝 찾아와 주기를 기다리는 건지
고산 기암봉우리 끝에 걸려
얼마나 더 기다려야
주인 선녀를, 지 짝을 상봉할 수 있으려나
어제도 그 어제도
오늘도 내일의 오늘도
내일도 그 다음 날 내일도
무료한 세월 보낼 건데
그래도
산꾼들 지나다가 올려다보아 주니
순간순간이나마 무료함 달래주었으리라!

산은 숲을 품고 숲은 시를 품고 시는 산을 품다

초판인쇄 : 2020년 10월 20일
초판발행 : 2020년 10월 22일
지은이 : 김기욱
펴낸이 : 이홍연
펴낸곳 : 이화문화출판사

주   소 : 서울 종로구 인사동길 12 대일빌딩 304호
전   화 : 02-738-9880
등   록 : 1-1314(1994.10.7)

값 10,000원